ミセス・ハリス、国会へ行く

コ

亀山龍樹　遠藤みえ子＝訳

角川文庫
23827

目次

第一章　ことのはじまり

ジョン・ベイズウォーターさんが、身を乗り出して、テレビのスイッチをひねった。パチン！　みるみる光がしぼんで、もうなにも映っていないスクリーンの真ん中に吸いこまれて行く。三人は薄暗がりの中で、しばらくじっと消えていく光の点を見つめていた。

その三人とは、ハリスおばさん、バターフィルドおばさん、それに、しかつめらしい、りっぱな顔をした年配の運転手ベイズウォーターさんだ。

「あなたのご意見は？」という、教養番組ふうの四十五分が終ったところだった。視聴者から寄せられた、最近のいろんな問題についての質問をとりあげて、有名な作家と、弁護士と、国会議員が意見をたたかわせあう。ところが、この大事な討論会で、国会議員のロナルド・パックル先生が、ことごとにほかの二人をおしのけてしゃべりまくり、スクリーンをひとりじめにしたような具合だった。

ハリスおばさんは、あきれていった。

「まあ、なんてやつだろね！」

ベイズウォーターさんは、ちがった見方をしていた。

「なかなか、いい意見も述べてたじゃありませんか。とくに自動車税を下げたいというのがよかった。ロールスロイスの税金ときたら、まったくひどいもんですからね。それから、貧しい人々についての……」

「ふん！　あんなのこそ、おべんちゃらの八方美人というんだよ。おみくじ箱をかかえてるわけじゃあるまいし、『空くじなしだよ、ひとりのこらず賞品をどうぞ』だなんて。わかってますよ、ああいう手あい！」

と、ハリスおばさん。

「お湯をわかして、サンドイッチでもつくろうかね」

バターフィルドおばさんが、ふかぶかとした長いすから、太った体をもちあげた。おばさんのでっかくて重たい体をささえられるのは、この長いすだけなので、おばさん専用のいすということになっていた。

ときは木曜日の夜。場所はロンドンのバタシー区ウィリスガーデンズ五番地、エイダ・ハリスおばさんの家の居間である。木曜日の夜は、きまってここで、この三人はテレビを見て、お茶を飲むことになっていた。

通いの家政婦さんで、冒険好きなハリスおばさんと、大の親友のバターフィルドおばさん、お金持ちのおかかえ運転手ジョン・ベイズウォーターさんは、八時きっかりから十一時まで、テレビを見る。

ベイズウォーターさんとのあいだがらは、なんとも呼びにくい。ハリスおばさんはひかえめに「知りあいの紳士」とでもいうだろう。十一時になると、さっそくお茶がはいる。三人は、サンドイッチや、けばけばしい色のさとうまぶしの小さな菓子をつまみながら、いまテレビに出てきた問題について、自分たちの討論をはじめる。

文字盤を二人のキューピッドにささえられた形の、炉だなの置き時計が十一時四十五分をさすと、ベイズウォーターさんは立ちあがってせきばらいをし、したてのいい上着のそでに、のりのきいたワイシャツのそで口をおしこみながら、

「おかげで、今夜も非常にゆかいにすごさせていただきました」

とあいさつをして帰って行く。

ハリスおばさんとバターフィルドおばさんが、ベイズウォーターさんと知りあったのは、映画会社の社長ジョエル・シュライバー夫妻に雇われて、アメリカへわたる船の中だった。ベイズウォーターさんも、駐米フランス大使シャサニュ侯爵とロールスロイスのおともをして、その船に乗っていた〔『ミセス・ハリス、ニューヨークへ行く』〕。

三人はたちまち、小さな少年がからんでいる、やっかいごとにまきこまれた。ハリスおばさんは、その少年に、長いあいだゆくえの知れない父親を見つけてやりたいばっかりに、侯爵にすがって、少年をアメリカへ不法入国させたのだった。

けれど、三人ともちゃきちゃきのロンドンっ子なので、ロンドンのボー教会の鐘の音

が聞こえてこない生活には、とうていたえられなかった。そこで、もとの古巣にまいもどり、ハリスおばさんは通いの家政婦さん、バターフィルドおばさんは通いの料理人として、以前通り、時間ぎめでお得意さんまわりをする生活にかえったのである。

ハリスおばさんとベイズウォーターさんには、さらにつながりができていた。いまでは二人とも同じ主人ウィルモット・コリソン卿(きょう)のところではたらいているからだ。ウィルモット卿は不動産業界の大物で、政治のほうでは中央党の黒幕でもある。

ベイズウォーターさんは、ウィルモット卿があたらしく買ったロールスロイス「ゴールデン・クラウド」の運転手として雇われ、ハリスおばさんはイートンスクウェアのうしろにあるウィルモット卿のロンドンの仮住まいの家で、毎朝一時間ばかりはたらく。

その家はウィルモット卿がおそくまで事務所にいなければならなかったときや、バッキンガムシャーのいなかのお屋敷まで帰るのがおっくうなときなどに、泊まるためのものだった。

そうそう、ハリスおばさんのお得意さきには、ベイズウォーターさんもふくまれている。週に二回、おばさんは、彼と同じ名のベイズウォーターにある、彼の小さなアパートへ掃除に出かけて行く。

でも、お金はいただかない。アメリカでこまっていたときに助けてもらった親切が、わすれられないからだ。

しかし、それはそれだけのことで、ハリスおばさんとベイズウォーターさんのあいだには、おちついた、しずかな友だち付き合いがつづいていた。

ベイズウォーターさんは、がんこに、およめさんをもらわないでとおしてきた。恋人は、彼が運転してきたいろんなロールスロイスだけのようだった。ロールスロイスとなると、内も外も一心不乱にみがきたて、整備をおこたらないので、内部の機械はつぶやき声一つ立てず、外はしみ一つなくぴかぴかとかがやいていた。

今夜の討論会では、マーレーベール区から当選した保守党代議士ロナルド・パックル先生の人がらと、彼がしゃべった意見について、熱の入ったやりとりがかわされた。

「あんなのがいるから政府はだめなんだよう」

ハリスおばさんは、いきまいて、しまりのないパックル先生の姿が、まだ映ってでもいるかのように、テレビをにらみつけた。

「大ぼらふきだよ、それも小物のくせに空いばりしてさ」

「まったくですね」

ベイズウォーターさんは、あいづちはうったものの、実は、反対意見だった。

「そうはいいましてもね。なかなかしっかりした考えも述べていたようですよ」

「あれが、しっかりしてたんでござんすかねえ」

ハリスおばさんは、皮肉たっぷりにいって、テレビの司会者の口まねをはじめた。

「ところで、わが国の将来については、どうお考えですか」

つぎに、おえらいパックル先生の登場だ。

『ああ、じつによろしい！　すばらしい！　かがやかしいもんです！』だって。そのあと十分間もしゃべって、なにをいいましたかねえ。のぼったらおりるときあり。やせっぽは太りたがる。でぶっちょはやせたがる。山のてっぺんをけずって谷をうめ、一つところを全速力で走ってろ、だとさ。

ふん！　あの先生は、先生の歯とおんなしのまがいものだよ。なにか聞かれるたんびに、きょときょとしてたじゃないか」

ところで、バターフィルドおばさんは、そういった討論にどうもついていけなかった。

「歯がどうかしてたかい。きれいな歯ならびだと思ったけどね」と、おずおず聞いてみた。

「きれいすぎるんだよ」

ハリスおばさんが、ぴしっとやりかえした。

「入れ歯だもの。あたしならテレビになんぞ出やしないね。テレビはなにもかも正直にさらけ出しちまうからね」

ベイズウォーターさんは、いくらかこわばった顔になって、抗議した。

「あなたは労働党を支持なさるでしょうから、むろん、そんなふうに感じなさるでしょうが……」

ハリスおばさんは、鼻息もあらくさえぎった。

「わたしが労働党だって。とんでもない。ありゃほんにこまりものですよ。あの連中のことは、いやってほど見たり聞いたりしてきたけどね。労働者のためになにをしようってんですか。ねこっかぶりのとんちんかんぞろいさ。わたしなら、自分の党をこさえるね。『あんたもわたしも楽しく生きなきゃ』ってスローガンでね。バイオレットといっしょに、二人で議員になったら、ぎゅうぎゅう、あの連中にいって聞かせてやるんだけど。ねえ、バイオレット」

満月のようなバターフィルドおばさんの顔の中で、小さな口がまんまるくひらいた。

「おおう、そんなこと、とてもわたしにゃやれないよ」

「わたしならやるね。政府のやりかたのどこがまちがってるか、そもそも国ってものはどう動かしたらいいか、先生がたにどうどうといってやりますよ」

ハリスおばさんのすごい剣幕に、ランプのかさのピンクの絹のふさがゆれた。

ベイズウォーターさんは、おおらかな、やさしいほほえみを浮かべた。ハリスおばさんがしんから好きで、こうしていっしょにテレビを見たり、お茶を飲んだりしてすごすひとときが、なによりの楽しみだった。

「あなたなら、きっとやりますね。そうすりゃ、あの連中の薬にもなりますよ」

炉だなの時計が、議事堂塔の大時計ビッグ・ベンふうに四十五分のチャイムをならした。

ベイズウォーターさんは立ちあがって上着のしわをのばし、ワイシャツのそでのはしの出具合をなおしてから、あいさつした。

「では、お二人さん。おかげで今夜も非常に楽しくすごさせていただきました」

バターフィルドおばさんも、皿や茶わんを洗いおわると、さようならをした。

ハリスおばさんは、ベッドに入ったものの、

「あなたなら、きっとやりますね。そうすりゃ、あの連中の薬にもなりますよ」

といったベイズウォーターさんのことばが耳にのこって、なかなか寝つかれなかった。

ベイズウォーターさんのおつむと判断力には、深い敬意をいだいているのだ。

考えれば考えるほど「あんたもわたしも楽しく生きなきゃ」というスローガンは、とてもすばらしく思えてきた。自分だけではなく、だれしもがいやというほど味わっている、いろんなもめごとは、ちょっとした常識と親切さえあれば、なくしてしまえそうである。

そんなもの思いにのめりこんで行くにつれ、もともとロマンチックなハリスおばさんらしく、このスローガンをますますかがやかしいものに思いこみはじめた。誠意のかけらもないロナルド・パックルみたいなやつが、どうしてイギリスの国会議員さまになんか選ばれたのだろうか。

ハリスおばさんは国会のしくみはもちろん、政治のことなどまるっきり知らなかった。ただ、政治家なんてものは、どいつもこいつもろくでなしという気がする程度だった。

議事堂の中には入ったこともないので、かんじんのひのき舞台は想像力にたよるしかなかった。古いしきたりの、ひざまでのズボンをはいた、着かざった身なりの人が、職

杖（じょう）とか笏杖（しゃくじょう）とかいうやつをコツコツならして叫ぶ。

「議員諸君、静粛に願います。これから『わがイギリスはどこがあやまっているか』という問題について、エイダ・ハリス夫人のお話をうかがうことにいたします」

演説のこまかい点にまで考えをねっているうちに、ようやく、おばさんは眠りこんでいった。

第二章　とんでもない思いつき

あくる朝、ハリスおばさんは、なかまの何千人という通いの家政婦さんと同じように、早起きをした。通いの家政婦さんたちは、お得意さんの家や事務所をひとめぐりして、ぴかぴかにみがきたてて行く。それをまた、そこに住む人が、豚のように引っちらかし、汚してしまう。そんなくりかえしになっている。

ハリスおばさんの頭は、まだゆうべの討論会と、そのあとでえがいた空想でいっぱいになっていた。そのせいか、奇妙にものたりない気分だった。ちょうど、なにかするつもりだったのを、まだやっていないのに気がついたときのようだった。その空想は、いうなれば、すばらしい夢だった。

ハリスおばさんの後半生は、おおむねすばらしい夢にみちていた。その中のいくつかは、おどろくなかれ、ほんとうに実現させてしまったものもあったのである。古いけれど、スローンスクウェアにある電器会社の事務所の掃除をすませ、古いお得意さお得意さんのダント夫人のお宅へまわり——この夫人のもっているドレスをひとめ見たとたん、ハリスおばさんは、こともあろうに、ディオールのドレスを自分も一着ほしくなって、パリへ飛んだことがある〔『ミセス・ハリス、パリへ行く』〕——それから毎朝よくぞまあこれだけちらかしてってくれた、とあきれるほどのティバートン少佐の家を「ひとりものだからね」といたわって考えてかたづけ、つぎにアレキサンダー・ヒーロー氏の実験室の掃除にとりかかるころになって、やっと昨夜の興奮もしずまってきた。

ところが、イートンミューズ北八十八番地につき、模造皮のハンドバッグをかきまわして鍵をさがし出し、ウィルモット・コリソン卿の、仮住まいの家に入ったとたん、思いがけないことが起きて、またまた昨夜の件がよみがえる羽目になった。というのは、二階の寝室から、しゃがれ声がふってきたのだ。

「ハリスさんかね。おどろかないでくださいよ。わたしはここに寝ておる」

まったく、ありえないことだった。しかもこんな時刻に……。ウィルモット卿はロンドンにいるときは、かならず朝の九時には事務所へ行っていた。ところが、もう十一時をまわっている。

「まさか、お具合でも悪いんじゃございませんでしょうね」

ハリスおばさんは声をはりあげた。

「なに、のどがちょっとへんなだけだ。すぐになおるよ」

二階から、ウィルモット卿のかすれ声がかえってきた。

ハリスおばさんは、ハンドバッグをおいてからどなった。

「ちょいとそのまま、大人しくおやすみになっててくださいましよ。いま、お湯をわかすようにしてから、すぐにあがっておせわしてさしあげますからね」

ハリスおばさんにいわせると、あついお茶は万能薬というか、とにかくどんな治療をするにしても、まずその手はじめになるものだった。

おばさんはやかんにいっぱい水を入れて、コンロにかけると、手早くうわっぱりをつけ、頭にスカーフをまき、とんとんと階段をあがって、ウィルモット卿の寝室へ入っていった。

「さあ、まいりましたよ」

ウィルモット卿の容体は、たいしたことはなさそうだったが、具合が悪いこともたしかなようだった。汗をかいて寝ぐるしい夜をすごしたらしく、薄くなりかけた髪はくしゃくしゃ、パジャマもくしゃくしゃ、シーツも毛布もくしゃくしゃだった。

ベッドのそばの小さなテーブルには、錠剤やら粉ぐすりやらが載っており、ベッドの上の、あけっぱなしの書類かばんから、書類が飛び出して、毛布の上といわず床といわず、ちらばっていた。

たばこの吸いがらが灰皿に山になっているところを見ると、ウィルモット卿がこの一晩、どんなまにあわせの治療をやったにせよ、けむりとニコチンで帳消しになったのは、はっきりしていた。

ハリスおばさんは目をまるくした。

「おや、おや、おや！　ちょっ、ちょっ、ちょっ！　いけませんねえ。いったい、なんの病気にとりつかれなさいました」

「ちょっとのどカタル（咽頭炎のこと）を起こしただけだ。どうも事務所へ出かける気がしない。ベイズウォーターくんに家内をむかえに行ってもらった。すぐになおるよ」

ウィルモット卿はしゃがれ声で説明した。

「もちろんですとも。いま気持ちよくしてさしあげますから。そうすりゃ、すぐによくおなりですよ。では、まず、シーツとパジャマをとりかえましょう」

おばさんはさっそく、たんすから清潔なパジャマをとり出して、ウィルモット卿にわたした。

「浴室へ行って、身じまいをなさいまし。そのあいだにベッドをきちんとして、そこらをちょっとかたづけておきますからね。用意ができたらお呼びしますです」

まったくのところ、ウィルモット卿はハリスおばさんがきてくれたのをよろこんだ。おくさんが到着するのに、あと数時間はかかるからだ。

ウィルモット卿は血色がよく、太った大きな体をしている。どちらかといえば、感じのよい、人好きのする顔だちだといえなくもないが、部分品がどれもいくぶんできそこなっているきみがあった。顔の面積にくらべて、なにもかもちょっと小さすぎる。さきをつまんでとがらせたような鼻、おちょぼ口、すこしくっつきすぎた目、耳は一つぶんの材料で二つつくったように小さかった。

しかし、親切で、ことに自分の気に入るはたらきぶりを見せる人には、よくしてあげるという評判だった。と同時に、きたるべき総選挙で躍進をとげようともくろんでいる中央党の、ぬけ目のない計算高いボスであり権力をにぎる黒幕でもあった。

そのウィルモット卿が、着がえのパジャマをつかんで、ハリスおばさんのいいつけどおり大人しく、ちょこちょこと小走りに浴室へ行くさまは、大きなあかんぼうのように見えた。

浴室のドアがバターンとしまると、ハリスおばさんはもうぜんと、しかも手ぎわよく掃除をはじめた。

二十分後にはウィルモット卿は、清潔なシーツのあいだにいい気持ちではさまって、ベッドにおさまり、パンパンたたいてふくらませたまくらを背にあてがって、お茶にトースト、マーマレード、オレンジジュースなどのならんだ盆を、ひざに載せていた。灰皿はきれいに空になり、カーテンは左右に引かれて、部屋じゅうにさわやかな空気がみちていた。卿は念を入れてうがいをしたし、顔も洗った。おかげでのどはすっきりとし、気分はずいぶん楽になっていた。

「ハリスさん、あんたはまったく親切な人ですな」

「そうでござんしょうか。そんなにおっしゃっていただいてうれしゅうござんすよ。わたしゃ人さまのおせわをするのが好きでしてね。ところで、けさはもうたばこはなしにして、朝食だけめしあがるんでございますよ。そのあいだに下の掃除をすませてまいりますからね。おわりましたら、またごようすを見にまいりまして、ちょい、おしゃべりでもいたしましょう」

こういわれてもウィルモット卿は、なんの不安もおぼえなかった。しみじみ幸福な思いにひたり、感謝にあふれていたため、どんなかけだしの政治家だってこころえている教訓の一つをついわすれていた。つまり、世の中には、ただということはぜったいなく、たとえ親切からしてくれたことでも、その勘定は支払わねばならない、というこころえである。

さて、階下の部屋でハリスおばさんは、じゅうたんに掃除機をかけ、額やかざりものののほこりをはらい、年代ものの家具をせっせとみがきながら、いたずら好きな、よくはたらく頭の中で、ゆうべのテレビ討論会のことや、そこでだされた意見などを思い出しては、熱心に演説の草稿をねっていた。

ただし、国会でやるのではなく、国会議員の製造元ウィルモット・コリソン卿を相手にぶつ演説だった。ウィルモット卿自身は議員ではないが、政界の有力な大物だということをおばさんは知っていた。

分別のあるハリスおばさんなのだから、べつに大それた野心があるわけではなかった。ただ、国のまちがっている点を洗いざらいあげつらえる相手がいるというだけで、うれしくてたまらないのだ。聞き手はベッドにしばりつけられているので、逃げたくても逃げられない。こんなチャンスをのがすという手はなかった。

ハリスおばさんは、すこぶる話好きだが、おばさんのお得意さんはだいたいにおいて協力的ではなかった。「ねえ、おばさん、お話ししてたいんだけど、もうタクシーを呼んじまったのよ」とか、「あら、おもしろいわねえ。もっとうかがいたいんだけれど、歯医者さんにおくれそうなの」とか、「おばさん、あいにく、だれかきたみたいだわ」とか、「来週もっと時間のあるときに、ゆっくりお話ししましょうね」とかのせりふが、逃げ口上であると察しのつかないおばさんではなかった。

ところが、いま二階には、かるい病気とおばさんへの感謝で金しばりになっている人物がいて、おばさんの話をじっくり聞いてくれるばかりか、話の内容もよくわかってくれるのだ。

そんなわけで、ウィルモット卿が朝食をおいしく食べおわり、吸いたいたばこをがまんしてベッドにもぐりこみ、いい気持ちでうとうとしかけたとき、「集金人」がやってきた。部屋の戸口にあらわれたのは、しなびたりんごのようなほお、きらきらかがやく黒い目、いたずらっぽい口つきの、小がらなやせたおばさんで、頭のスカーフの下から白髪まじりのちぢれ毛がのぞいていた。おばさんは武器ともいうべきほうきに、かっこうよく体をもたせかけて立っていた。

ハリスおばさんはウィルモット卿に話をはじめた。

「ゆんべのテレビを、ごらんなさいましたですか」

「え、なにを。どの番組かね」

「あれでございますよ。『あなたのご意見は?』というやつですよ」

「ああ、あれなら見た。ほかにすることもなかったしね。まったく、くだらなかったな」

「ちょいとお考えをうかがいたいんでございますけど。ほら、あのなんて名前でしたっけ。のべつまくなしにしゃべってたのがいましたでしょう。魚みたいな目をした、入れ歯の……」

ウィルモット卿は、なんともちぐはぐなおかしさを感じた。ベッドに寝たまま、お手伝いのおばさんと政治の話をするというのが、えらぶった、つまらぬ男である卿の気に入った。

「国会議員のロナルド・パックルのことかね。あいつはばかさ」

「それじゃ、あの人は政治家として、なにをしてるんでございましょう」

「票あつめですよ。あんなものに票を入れるようなばかどもにもわかるように、程度の低い話をしてるわけだ」

「まあ、そんないいかげんなことってありますでしょうか。国家のためにあれもする、これもするといっておきながら、とどのつまりはどうでござんしょう。なんにもしやしないんですからねえ」

ウィルモット卿は、ハリスおばさんのみごとな算術を聞いて、にやりとした。マーレーベール区選出のパックル議員は、なにかを主張しては、その舌の根もかわかないうちに逆のことをいいだすので、さしひきゼロ氏である。

「ああやって、議員のいすにしがみついているのさ」

「んじゃまあ、もしもわたしが国家を動かすような立場におりましたらですね、わたしゃさっさと、こういってやります」

これはあぶないと、ウィルモット卿が気づいたのは、いまのことばよりも、おばさんがほうきにもたせかけていた体の位置を、ふいにかえたからだった。

おもしろいにはちがいないが、国家のどこがまちがっているなどという話を、ながながと聞かされてはたまらない。ことに、気分が悪くて逃げようにも逃げられないときはなおさらだ。ウィルモット卿はパーティや社交的な会合に行くと、かならずだれかにつかまって、現代のイギリスがかかえているなやみの解決策を、とうとうとまくしたてられるのだった。

「なるほど、なるほど。あんたならそうでしょうとも。だが、ちょっといまは……」

あれこれ述べるよりも、逃げの一手が一番だと、ウィルモット卿はベッドにみのむしのようにもぐって、目をつぶった。

しかし、もうおそかった。相手がウィルモット卿だろうとへちまだろうと、おばさんの目には映ってもいなかったのである。女性ならだれの心にもひそんでいる、雄々しいオルレアンの少女ジャンヌ・ダルクが、むくむくと姿をあらわし、ハリスおばさんに乗りうつっていた。おばさんはほうきの柄を軍旗のようにおし立てて、進軍を開始した。

「よござんすか。わたしゃ議員さんがたをしゃっきりしゃんとさせるために、こういってやろうと思うんですよ。『あんたもわたしも楽しく生きなきゃ』ってね。

政府がわたしたちを楽しく生かそうとしたことがありますかね。そこが問題なんでございます。おぼれかけてる人間が、やっとこさで浮きあがって、もうちょいのところで息がつけるというときに、やっこさんたちがひょいと手をのばして、頭を水ん中へつっこんでしまうんでござんすよ。だれだって、生きるためにこの世へおくられたんでございましょう。

ところがどうです。国会の先生がたのやってることといえば、こっちがこの世にはじめて息をついたときから、末期(まつご)の息をつくときまで、苦労のたねをばらまくことだけですからね」

ウィルモット卿はふたたび目をあけた。というより、ひとりでにあいてしまった。もうだめだというあきらめの気持ちもあり、「あんたもわたしも楽しく生きなきゃ」というりんとした声にうたれたせいでもあった。

卿の目の前にいるのは、ちょっとひょうきんでおしゃべりなおばさん、ハイドパークの演説広場(スピーカーズ・コーナー)で一席ぶつ人たちのように、粉石けんの箱にのぼったロンドンの通いの家政婦といったハリスおばさんではなく、情熱にもえた、真剣そのものの一人の人間だった。その変身ぶりを見ても、ウィルモット卿はもうさっきのようにぎょっとはしなかった。

「国民の大多数とは、だれをいうんでござんしょう。つつましくくらしている貧乏人のことなんです。ちょっぴりくつろいだり、楽しんだりする金さえもない人たちです。どこにまちがいがあると思いなさいますですか。労働党が悪いのでも、保守党が悪いのでもありゃしません。ですがね、両方のあいだにはさまって苦しい思いをするのは、いつだってわたしたち貧乏人なんです。おかげさんで、わたしたちゃいくらかせいだって、くらしが追いついてきゃしません。

お店へ行けば、今週より来週、そのまた来週というふうに物価はあがるばかり。ほしいものはいつまでたっても手に入りゃしません。すこしはわたしたちのくらしにも、楽しみをあたえてもらいたい。貧乏人の願いはみんなつつましやかなものなんでございますよ」

ウィルモット卿はふしぎなことに心をうたれた。なぜまたこれしきのことに心を動かされるのだろう、と自分を分析してみるくらいの頭はあった。熱で汗をかいて、体が弱っているせいだろうか。だれにもかまってもらえない名もない大衆の声に耳をかたむけている気がするのは、おばさんの主張の中に真実があるせいだろうか。

ひどく貧しい所帯や、しいたげられた階層の人たちには、代弁者なり、組織なりがあるのだが、いまの声は代弁者や組織のものではない。賃金があがれば物価もあがる、いたちごっこの生活に追われ、ひと息つくことのできない人々、——もうちっとお金があれば、とせつないやりくりの苦労から逃れられないのは、どん底の貧乏よりもかえってつらいものだが、その気苦労にとりつかれる運命にある人々——の声を聞いているようだった。イギリスばかりでなく、すべての国、すべての地方にいる、たくさんの人々の声だ。

「あんたもわたしも楽しく生きなきゃ」という、あの悲痛な叫びには、人の心をぐいとつかみ、わきたたせるものがあった。最初に聞いたその叫びが、いまも、卿の耳もとでなりひびき、こだましていた。

ハリスおばさんの弁舌は、さえてきた。

「わたしがいっちょうやってやろうと思うのは、そこなんですよ。まずやり玉にあげてやりたいのは、だれだと思いなさいます。労働者ですよ。あの連中は一人として、もって生まれた脳みそをつかっちゃいません。そのことを、どうしてわたしが知ってるかといいますと、わたしも労働者で、あの連中のかみさんたちの苦労を見ているからなんでございます。

スト、スト、スト。あの連中にストはつきものです。わずか四ペンス〔当時一ペンスは、約五円〕の賃上げのために何ヵ月もストをぶち、そのためにうしなったお給金をとりもどすのに三年もかかるんですよ。にわとりを殺してたまごの値段をつりあげるみたい、とまではいいませんけれどね。どうしてもストをやるんなら、物価引き下げのストをやりゃいいんですよ。

労働者の利益になるのはただ一つ。ストじゃありません。仕事です。金になるのは仕事だけだってことがわからないばかどもには、頭のある人がいって聞かせなくちゃなりません。週に三十五時間の労働ですと？　それだけしかはたらかなかったら、どうなります。お茶一杯、よぶんにゃ飲めませんですよ」

ぬけ目なく、頭のはたらき一つで、人間の集団を手玉にとってのしあがってきた権力者はみなそうだが、ウィルモット卿も、頭の右半分であることを考え、左半分でまったくべつのことを考える芸当ができた。

「あんたもわたしも楽しく生きなきゃ」の進軍らっぱのひびきで、まず、卿の政治のたくらみの歯車がまわりはじめた。それは、あまりにとっぴで、あまりにむちゃな案なので、ふだんなら、不可能なばかげたこととして、すぐさまぽいとけとばすに決まっていた。

ところが、小がらな通い家政婦のおばさんが、その職業のシンボルであるほうきを、炎の剣のようにきりりとかまえている真剣な姿を見ているうちに、ばかげているどころではなくなってきた。

同時に、ある記事のことが、記憶に浮かんできた。自分で読んだのか、だれかから聞いたのか、はっきりおぼえてはいないが、とにかくそうむかしのできごとではなかった。いまや、ウィルモット卿はろくにハリスおばさんの話を聞いていなかった。頭の中の歯車の回転がスピードをつけたからだった。それにもかかわらず、おばさんのまくしたてる声は、やすみなく耳に流れこんでいた。

「それから、女みたいに髪を長くしたり、やくざふうに刈り込んだりして、いきがってる連中には、ですね。わたしなら、こうしてやります。ズボンを引きずりおろして、むちの味をおしえてやるんですよ。ちんぴらも、ちんぴらにくっついている、あばずれ娘どもも一人のこらず、おしりを風の中にふきさらしにしてやるんです。

あいつらは若いくせに、『たいくつだ』というせりふを、ばかの一つおぼえでくりかえします。たいくつなら、むちをおみまいするんでございますよ。公園の、人の大勢いる広場がよござんすね。これで、ろくでなしもしゃんとしますですよ。人の持ち物をこわしたり、年寄りをなぐったりはしなくなりますよ」

ウィルモット卿の頭の大部分は、政治のほうのたくらみをねっていたが、べつの想像力の部分がはたらきだして、若い連中がへんな身なりをはやらせる大元の場所、スローンスクウェアの真ん中にならんだむきだしのおしりを、かたっぱしから巡査がぴしぴしむちでたたいている光景が浮かんだ。ちんぴらと、だらしのないばか娘どもよ、いいざまだ。

もちろん、そんなことができるはずもないが、社会のためということでするこの手きびしいおしおきに、一瞬、卿は、奇妙な満足感をおぼえた。

「むちをおしむと子どもがだめになる」という教えには、結局のところ、すばらしい値打ちがふくまれているらしい。むちをくらって育ってきた、まえの世代までは、なまくらや、あかだらけのビート族など出る気配すらなかったではないか。

卿の頭の中で、歯車はますます調子をあげてまわりつづけた。そんなむちゃができるはずもなかったが、すくなくとも、なみの議員連中が、口にしたこともない新しい意見だった。

ハリスおばさんの話はすすんだ。

「原水爆禁止なんか叫んでる連中が、どんなやつらかごぞんじでしょうが。ほとんどが根性のくさった、けがらわしい『あか』か、でなけりゃあほうでござんすよ。どっちがひどいしろものだか、わたしにゃわかりませんですがね。けがらわしいったらありゃしない。中にゃ、けがらわしいうえに汚らしいのもおりますですよ。見たことがあるんです。地下の巣からはい出るところをね。

わたしなら、ああいう連中をどんどん追いたてていきますね。どこへですと？　風呂場へですよ。湯ぶねにつっこんでやるんです。ああいうやからはひと風呂あびなきゃ。体をきれいにすりゃ、心の汚れも落ちようってもんです」

ウィルモット卿の心のテレビに、新しい画面がひろがった。うねうねとはてしなくつづく、あかだらけの破壊主義者たちの列。それが洗車機のばけもののような巨大な機械に吸いこまれて、反対側からはればれと足どりもかるく出てくる。なにもかもたたきこわして、自分と同じように使いものにならなくしてやらなければ、という、こりかたまったばかげた思いを、あかや汚れといっしょに洗いおとし、その重荷からときはなすというわけだ。

ウィルモット卿は内心、この無邪気な思いつきににやにやした。そのとき、またも「あんたもわたしも楽しく生きなきゃ」という声が高まったので、頭の歯車の回転がいっそういきおいづいた。

外交政策については、ハリスおばさんはあまり強くなく、まあ、それぞれの民族が自分で決めればいい、といったきみがあった。国民が「あか」がいいと思ったら、国は「あか」になって、そのなれのはては自分で責任をとればいいと、ちょっぴりふれただけだった。

しかし、国内の経済の問題になると、おばさんの、「短い人生に、わずかなりともくつろぎ、幸福、よろこびをあたえよ」という主張は、まったくのところ、世のほとんどの人々の願いだった。

しかも、こんどの選挙は、だれもが知ってのとおり、外交政策が争点になるのではない。国内政策を中心にあらそわれるのだから、おばさんの主張は、ぴったりはまっている……。

ふいにウィルモット卿は、部屋がしずかになっているのに気づいた。聞こえてくるのは、自分の頭の歯車が、いきおいよく回転している音だけである。ハリスおばさんの話はおわっていた。

沈黙をやぶったのは、おばさんのほうだった。

「あんれ、まあ！　わたしゃなんてことを。おかげんが悪いというのに、くたびれさせちまいました。でも、ゆんべ、あの男の話を聞いてからってもの、胸がむしゃくしゃして、たまってるものを吐き出さずにゃいられなかったんでございますよ」

「なに、かまいはせん。ところで、ハリスさんの住まいはどこだったかね」

「おや、ごぞんじだと思っていましたよ。東バタシー区のウィリスガーデンズ五番地でございます」

　ウィルモット卿はうなずいた。うすうす記憶にはあったのだが、それではあんまり話がうますぎるという気がしていた。もっとも東バタシー区あたりではないかという気がしていたからこそ、頭の中の歯車もくるくるといせいよくまわって、たくらみをすすめる後押しをしてくれていたのかもしれなかった。

「ハリスさん、政界にうってでる気はないかね」

　おばさんは、たまげてしまった。

「えっ、わたしが。わたしにゃなにもできませんですよ。まともな教育は受けちゃおりませんです。からかっちゃいやでございますよ。わたしになにがあるってんでございます」

　ウィルモット卿はちょっと考えて、いった。

「あんたにはまったく新しいものがある。まじめさ、でしょうな」

「とんでもない、わたしなんぞの出る幕じゃございませんですよ。さあ、仕事にかからなくちゃ」

　ハリスおばさんはちょっとのあいだ、ほうきをドアに立てかけ、ベッドに近づいて、ウィルモット卿のひざの盆をとった。

「これを洗っちまいましたら、失礼いたします。あしたは早めにうかがって、お部屋の掃除をいたしますよ。おくさまも、まもなくおみえになりますでしょう。おやすみなさいませ」

ウィルモット卿はあおむけになって天井を見つめながら、下の小さな台所から聞こえてくる、食器を洗う音に耳をかたむけていた。

水の音、皿やスプーン類のぶつかりあう音、食器戸だなのしまる音。そのあと、わずかのあいだ、しずかになったのは、ハリスおばさんが仕事着をぬいで着がえをしているからにちがいない。

やがて、玄関のドアがあき、そしてしまり、足音がミューズ通りのしき石をふんで遠ざかっていった。

ウィルモット卿は、おちょぼ口に奇妙な笑いを浮かべながら、寝返りをうち、まくらもとの電話に手をのばした。

第三章　ウィルモット卿の計画

ウィルモット卿は、まず自宅へ電話をかけた。さいわい、おくさんはまだロンドンへ出かけるまえだった。

「ああ、ライラか。まにあってよかった。わざわざきてもらうこともいらなくなったんだ。気分がだいぶよくなったからね。ハリスさんがきて、面倒を見てくれたんだよ。いいおばさんだ。ちょっと風邪かなにかにやられただけだ。ベイズウォーターにこちらへもどるようにいってほしいんだ。今夜はそちらへ帰って、あすはロンドンへは出ないことにする。仕事が予定どおりすめばの話だが……」

つぎに、ちらっと腕時計に目をやった。まだ一時になっていなかった。卿は事務所へ電話して、秘書のトム・トレビンを呼び出した。

「いいか、トム、いくぶんまえのことだが――ひょっとすると二、三年になるかもしれんが――クラリッジ・ホテルの通い家政婦がバーモンジー市のファーストレディ〔市長によって、町を代表する夫人に選ばれた女性〕になったという記事を、新聞で見た気がするんだが、そんなことがあったかね。それとも、わしが夢でも見たのかな。ちょっとしらべてくれないか。ファイルの中の『ホテル』の項にあるはずだ……。このまま切らずに待ってるからな」

わずか二、三分で、トム・トレビンが返事をしてきた。

「ありました。ジャクソンがおぼえてたんです。一九六二年七月四日のデーリー・エクスプレス紙に、アリス・バーンズ夫人が犬をつれてロールスロイスに乗りこむ写真が載っています。読んでみましょうか」

「たのむ」

「見だしは『ふしぎの国のアリス』で、小見だしは『ロールスロイスに乗る通い家政婦さん』とありまして、以下は説明文です。

『いつもは、貴族のこととか、アメリカの大富豪の金の使いっぷりなどといったことのほかは鼻も引っかけないクラリッジ・ホテルの従業員たちも、にわかに脚光をあびることとなった同ホテルのなかまが、市役所さしまわしの車へ歩を運ぶ姿に目をみはった。

十六年間、クラリッジ・ホテルで通いの家政婦をしているアリス・バーンズ夫人が、真っ白のくつ、そろいの帽子と手ぶくろ、プレスのきいたスーツをきて、ロールスロイスに乗りこんだ。さらに、いっそう気品をそえているのがシーリハムテリア〔イギリス、ウェールズ原産のスコッチテリアによく似た犬。色は白がおおい〕で、夫人のつゆはらいの役をおおせつかっている。名前はミッジで、クラリッジ・ホテルに住みついており、バーンズ夫人やその友人たちにかわいがられている。

ことし、バーンズ夫人に思いがけない名誉があたえられた。三十年間、市議会議員をつとめたのち、現在、市長の地位にあるイブリン・コイル夫人〔七十歳〕によって、バーンズ夫人はバーモンジー市のファーストレディにおされたのである。アリスは大衆との付き合いになれています、と市長はかたった。

昨日、市長とバーンズ夫人は、メイフェアから車に同乗して、トゥーティングのある学校の授賞式に出席した。きょうも早くから、仕事着にもどったバーンズ夫人が、ホテルの階段にみがきをかけているのが見られるだろう』

ウィルモット卿はよろこんだ。記憶にくるいはなかったのだ。

「文句なし！　そこでだ、党本部のフィル・オールダーショットに、用があるから三十分以内にわしのところへくるようにいってくれ。本部にいなければ、居所をさがし出して伝えてもらいたい」

玄関のベルがなったのは、それから三十分になる、一分まえだった。すでにひげをそりおわり、部屋着に着がえたウィルモット卿は、自分でドアをあけて、彼の腹心の部下である男を中にいれた。

フィリップ・オールダーショットはめがねをかけ、背が高く、ケンブリッジの学監をつとめたこともある、きまじめな顔つきの男だった。議席数のすくない中央党の議員の一人であり、しかも大量の票をかくとくして当選したので、党内での発言力も大きかった。

「フィル、昼食の約束でもあったんだったらすまんな。なんなら、ここから電話でとりけしたらどうだね」

「いえ、だいじょうぶです。なにもありませんから」

「よかった。では、すわって一杯やりたまえ」

オールダーショットにグラスをわたすと、ウィルモット卿は自分のグラスにもつぎ、いつものとおりチン、チンとグラスをうちあわせてかんぱいをしてからたずねた。

「東バタシー区の、わが党の候補はだれだったかな」

うてばひびくように答えがかえってきた。

「あそこはチャッツワース・テーラーの予定です。オックスフォードで非常によい成績だった男でしてね。大学の学寮(カレッジ)はモードリンで、テニスの選手でした。エトルリア史、政治学、経済学では一番の成績という具合でした」

ウィルモット卿は、グラスから目をあげた。

「それで選挙に勝てるかな」

「きわめて感じのいい、好かれる男です」

「まえの選挙のときも、あの地区の候補者はそんなふうな男だったが、法定得票数までもかせげずに、供託金を没収されるはめになったじゃないか。葉巻一箱をいっぱいにするほどの票さえ、あつめられなかったぞ」

「ですが……」

オールダーショットはいいかえした。

「この男をおしたのは、選挙事務長のチャールズ・スマイスでして。彼が選挙運動の指

揮をとることになっております。チャールズは、この道にかけては、手なれたしたたかものでありますし、

「それに、いかがわしいたくらみもやるし、おまけに品の悪いやつときているからなあ……」

と、一瞬思案して、それからウィルモット卿は、断をくだした。

「あの男にいってくれ。オックスフォードの出身で、テニスの選手だったかもしれんが、テーラーではだめだとな。選挙区をまちがえるな。テニスの腕がものをいうウィンブルドンではないぞ。東バタシー区の候補なんだからな」

オールダーショットは心配そうに聞きかえした。

「わたしから話すんでしょうか」

「もちろんだ」

ウィルモット卿がここまでのしあがることができたのも、うらまれる仕事はなるべく他人にやらせたからとも、いえそうだった。

「すると、ほかにだれか候補者の心あたりでもおありなので」

ウィルモット卿はおちつきはらって答えた。

「うん。あるんだ。その女の名前は……」

「女ですと。まさか……」

「……名前はエイダ・ハリス夫人。バタシー区SW11ウィリスガーデンズ五番地にすん

きた。

でいる。都合のいいことに、ちょうど、あの選挙区の中心部だな。夫人はあの地区の住民とは顔なじみのはずだ。わしのところの通い家政婦だよ」

オールダーショットは、こんどこそ度肝をぬかれてしまった。

「こちらの通い家政婦……。ご冗談でしょう。労働党の公認候補なら――まあ、よろしいかもしれません。ですが、通いの家政婦では、前例がありませんし……」

「ところが、あるんだよ、きみ」

ウィルモット卿は電話で書きとった、デーリー・エクスプレスの記事のメモを見せた。

オールダーショットが読みおわるのを待って、ウィルモット卿はいった。

「ハリス夫人は、じつにすぐれた人なんだ。ここ何年も聞いたことがないくらいの、すばらしい政見演説を、ほんの一時間ほどまえに聞かされたばかりだがね。フィル、わしの判断を信頼しなくてはいかんよ。東バタシー地区からは『あんたもわたしも楽しく生きなきゃ』をスローガンとする、エイダ・ハリス夫人を候補に立てることにしよう」

「おっしゃるとおりにはいたしますが、しかし、通いの家政婦さんを……。むろん、あなたを信頼はいたしますが、いったい、その女がどうして……」

ウィルモット・コリソン卿も、考えてみた。常識ある政治家なら、正気を失ったのかと、だれも相手にしないこんな計画を、なぜ自分は思いついたのだろうか。しかし、ハリスおばさんが演説をぶっているときの表情や、あのときの奇妙な感動がよみがえってきた。

「なにね、泣かされてしまったのだ」

オールダーショットはびっくりして、まじまじとウィルモット卿の顔を見つめるばかりだった。このボスとあまっちょろい感情とは、縁のないはずだったのだ。

「なんで、また」

「きみにはわかるまいが、政治的にいって一級品なんだ。つかってみようじゃないか」

ウィルモット卿はちょっと考えこんでから、ひとりごとのようにつぶやいた。

「むろん、あの女の考えは実現できるはずもないが、しかし、聞き手には、それが実現できたらなあと、感じさせるものがある」

卿が真剣であることは、まちがいない。そうであるなら、今後、ボスの指図にしたがって行くまでだが、さまざまな障害にぶつかるだろう。さっそく障害用の対策を立てておくほうがいい。こう、オールダーショットは判断した。

「しかしですね。その婦人は立候補する気がありましょうか。もうお話しなさいましたか」

「ちょっとにおわせる程度にしておいた。あとはきみらの仕事だ」

「しかし、選挙対策委員会のほうで、いやだといったらどうなさいますか。あの委員会がどんなメンバーかはごぞんじでしょう。ことに、あなたが委員会を無視していると思いこんだら、とても手におえるものではありません。それに、選挙事務長のチャールズ・スマイスとも、やっかいなことになりますよ。候補者の予定のチャッツワース・テーラーを推薦しているのはスマイスですからね」

ウィルモット卿は、不機嫌そうに顔をしかめた。そのせいで顔の中の部分品は、いっそう小さくちぢまってしまった。が、ぴしゃりといいはなった。

「スマイスなら、わしのいいなりになる。あの男の弱みをにぎっておるからな。ハリス夫人の選挙運動は、わしが作戦を立てる」

「ですが、選挙対策委員会のほうが……」

オールダーショットは食い下がった。

こんどは、ウィルモット卿もしばらく考えこんだ。選挙対策委員会の面々は、だれの指図も受けつけない、がんこなやつのあつまりで、立候補しようとするものを呼びつけ、意地の悪い質問をあびせて、ちぢみあがらせるのを得意としていた。それに、候補者にふさわしいかどうかを最終的に決めるのは、この委員会である。

委員の連中は、差し出口をきらうし、ときにはまったくの気まぐれぶりを発揮する。ある程度はこちらの考えを受け入れるにしろ、それもたかが知れている。

ウィルモット卿は心の中で「おもて！」とどなってコインをほうりあげた。すると、ちゃんとおもてが出た。政治というものは、どうなるかわからない将来のことについて、計画、政策をねったところで、あてはずれがおおい。だから、博打(ばくち)みたいなものだ。いまが、その博打をやらかすときのようだった。

わずか一時間ほどまえのできごとや、ふいに浮かんだ計画を思いかえしてみると、もともといかにもばかげたことのようでもある。ウィルモット卿は、昨日の風邪熱がまだのこっているのではないだろうかと、うたがってもみた。

しかしまた、卿の心のテレビにありありとあらわれるのは、ほうきの軍旗をおし立てて「あんたもわたしも楽しく生きなきゃ」と出陣を呼びかけている、ハリスおばさんの感動をもよおす姿だった。卿は決心した。

「委員会にいって、ハリス夫人とあわせるんだ。チャールズ・スマイスには、口出しするなとわしがいったと伝えてくれ」

「もしも、ハリス夫人のほうでことわったらどういたしましょう。ああいう階級の婦人ですから、立候補と聞いただけでふるえあがってしまうかもしれません」

ウィルモット卿の顔に笑いが浮かんで、顔のすべての部分品が、もとの大きさにもどった。

「通いの家政婦にこわいものがあるとは、聞いたことがないね。それに、うまくその気にさせるのは、きみの役だ。

いましがた、ハリス夫人は母ねこが子ねこをあつかうように、わしをあやし、せわをしてくれたばかりなんだ。夫人に、自分は国に必要な人物なのだ、と思いこませさえすれば、あとは楽だよ。東バタシー区ウィリスガーデンズ五番地だからな。わすれないでくれ。今夜にも、ちょっと話しに行ってみるんだね。スマイスにあってからな。わしはいなかにいるから、あす電話でなりゆきを知らせてくれ。夫人とあった感触についてもだ」

オールダーショットは帰りかけて、玄関のドアをしめようとした。すると、ウィルモット卿が呼びとめた。

「そうそう、委員会の連中が外交問題をもち出したら、そらすようにはからってくれたまえ。ハリス夫人はそちらの方面は強くないからな。なんとか国内問題にしぼるようにしむけてほしいんだ、きみの力でな」

戸口に立ったまま、オールダーショットは、絶望のふちから、ふりしぼるような声を出した。

「ウィルモット卿、ハリス夫人は当選すると、本気でお考えなんですか」

「当選？」

ウィルモット卿の口元には、それ、おいでなすったぞ、といいたげな笑いが、浮かんでいた。

「とんでもない。だが、フェアフォードクロス区で悪戦苦闘するケンプトン少佐に、議員への道をあけてやるぐらいのことはできるさ」

オールダーショットは、自分の耳が信じられないといったふうに、まじまじとウィルモット卿の顔を見つめた。しかし、この大物政治家は、おだやかな、ゆったりした表情を浮かべているだけだった。

ドアをしめると、オールダーショットはめまいさえおぼえながら、ミューズ通りへ出て行った。たったいまボスがいった、フェアフォードクロス区のこととは、なんだろう。あそこは金持ちぞろいのコッツウォルド地域〔町じゅうが、薄茶色のコッツウォルド石の建物で統一された高級住宅地〕があって、保守党のかたい地盤なのだ。ケンプトン少佐にぜんぜん勝ち目はない。

中央党という名前は、保守でも革新でもないところからきているのだが、一九二二年に保守党がいきおいをもりかえすまでの、ほんのわずかの期間だけ、政権をにぎる幸運にありついたことがあった。この、まばたきをするあいだぐらいの勝利は、フェアフォードクロス区で議席をとったのがきっかけとなった。

だから、フェアフォードクロス区という名は、中央党では一種のまじないの文句のようにあつかわれていた。だからといって、ウィルモット卿にしろ、だれにしろ、あの強力な保守党の陣地をこっちのものにしようなどと考えるはずもないのだが……。しかも、ロンドンの通い家政婦を東バタシー区から立候補させて、それがどうしてフェアフォードクロス区に一発パンチをくらわせることになるのだろうか。

オールダーショット氏は、ミューズ通りからライオール街にでたとき、ふいに、たいへんなことに気づいた。脳みそが頭の中でぐるぐるまわりをはじめた。こしまでぬかしかけた。彼は、ふらふらとたおれそうになって、通りの鉄柵につかまった。

フェアフォードクロス区が保守党の地盤であるのと同じように、東バタシー区は労働党が確実にものにする地区なのだ。保守党がきたる選挙でそこを手に入れたら、ぐんと勢力をますわけである。いったい、ウィルモット卿はなにを考えているのだろう。まさか……。

ここまで考えたとき、オールダーショット氏の頭の中で、金庫の数字あわせ錠が、カチリとはずれた思いがした。さすがウィルモット卿が副司令官に選んだだけあって、政治のほうではまだ青くさいとはいえ、オールダーショット氏は、回転の早い頭脳と、すじのとおった考えかたと、問題を分析する力をそなえていた。

いまや、巧妙でしかも簡単明瞭（めいりょう）なウィルモット卿の計画がはっきりつかめた。彼はショックで気が遠くなりそうだった。そのすばらしい思いつきに感心しただけでなく、ボスの計画を実現にこぎつけるまでの遠い道のりにぞっとしたからだ。

イートンスクウェアを目ざして歩きながら、彼は片目でタクシーをさがし、また片目で一人の男の姿を空中にえがいていた。その男は市の財務官ヒュー・コーツだった。コーツは保守党のやりて政治家で、実力者を気どっている。たしか、彼の地盤と選挙区は、フェアフォードクロスのとなりだったはずだ。ウィルモット卿はいつごろコーツと会う気なのだろうかと、オールダーショット氏は考えた。

第四章　選挙対策委員会へ

　バターフィルドおばさんが、蚊のなくような声をあげた。

「ねえ、エイダ。あんた、こわかないのかい。自分がやってること、ようく承知してるんだろうねえ。わたしゃ夢を見てるみたいで、とてもほんとうとは思えないよ」

「こわいって、なにがかい。むこうさんだって、あんたやわたしとおんなし人間じゃないか」

　ハリスおばさんはいせいのいい口はきいたものの、正直いって、気楽な気分でいるわけではなかった。こりゃ少々調子に乗りすぎて、身のほど知らずのことに乗り出してしまったんじゃないかしらと、めずらしく弱気になっていた。

　ハリスおばさんは親友のバターフィルドおばさんといっしょに、すべるように走る黒ぬりの高級車ジャガー・マークセブンの後部座席にすわっていた。運転しているのは、中央党中央執行委員会の副議長フィリップ・オールダーショット氏その人で、三人はいま、西ラウンツリー街にある、中央党東バタシー支部の選挙対策委員会へむかっていた。

　ハリスおばさんは、こざっぱりとした身なりをしていた。いまはアメリカにいるヘンリエッタ・シュライバー夫人にせんべつとしてもらった、夫人のお古の濃紺のドレスをきこみ、ベールつきの小さな帽子に、白い手ぶくろ……。

オールダーショット氏は、おばさんの衣装だんすがいろんな人からのお古のもらいものでいっぱいなのを見て、よろこんだ。おばさんのお得意さんには各方面の有力者がいて、みんなおばさんが好きであることが、よくわかったからだ。

どうせ、むさくるしいかっこうの、こっけいな通い家政婦だろうから、はらをよじって笑うことにしようというつもりで、委員会の連中が待っているとしたら、さぞ、がっかりするにちがいない。

めそめそと、陰気な顔をしたバターフィルドおばさんには、オールダーショット氏はあまり感心しなかったが、ハリスおばさんはどうしてもつれて行くといった。そのほうが気もやすまり、心じょうぶならしかたがないと、オールダーショット氏はしぶしぶ承知したのだった。

大仕事は、選挙対策委員会と、選挙戦の事務長チャールズ・スマイスをなっとくさせることだった。スマイスが、ウィルモット卿の命令で、きゅうに自分の計画を引っこめさせられる羽目になったのを、おもしろく思うはずはなかったが、たしかにウィルモット卿に弱みをにぎられているらしい。ハリスおばさんの立候補など、不満でたまらないにもかかわらず、いやとはいわなかった。

これで、このオールダーショットが後押しをして、委員会の面接さえぶじ切りぬけることができれば、ハリス夫人の宣伝にたっぷり時間をかけられる。モップとほうきの柄をX形にくみあわせた軍旗の下で、仕事着と頭にスカーフのいでたちのハリスおばさんに、はたきをふり、ぞうきんバケツの水をふりとばしながら、大熱演をやってもらってもいい。オールダーショット氏は、あれこれ腹案をねった。

西ラウンツリー街に入ると、ちょっとの間彼は車をとめて、うしろをむいた。

「ハリスさん、心配したり、びくびくすることはありませんよ。みんないい人ばかりですからね。あなたらしくふるまえばいいんです」

「そりゃよかった。わたしゃ、ほかのだれさまのまねも、できませんですよ」

と、ハリスおばさんはいった。おばさんがやせて小がらなのに引きかえ、まるまる太ったバターフィルドおばさんは、いくえにもくびれたあごをふるわせながら、めそめそ声を出した。

「ねえ、エイダ、いまのうちなら、まだ引きかえせるんだよ。政治の仕事なんぞしてたら、お得意さんのほうまで手がまわらなくなるじゃないか」

オールダーショット氏は、なんとかこのでぶおばさんの、かぼそいぶつぶつ声をやめさせたかった。しかし、ハリスおばさんのほうは、本心はどうであろうと、友だちの泣きごとに負けて、逃げごしになるようなまねは、ぜったいにしなかった。

「いいかい、バイオレット、とりこし苦労はおやめよ。なるようにしかならないんだからね」

オールダーショット氏がいった。

「わたしがもうしあげたいことはですね。ふだん、考えたり感じたりなさっているままを、お話しになればいいということなんです。もしなにかこまったことにでもなれば、わたしがお手伝いいたしますから」

ハリスおばさんはうなずいた。

「わかりました。じゃ、敵陣に乗りこむとしましょうよ」

そういって、おばさんはふたたび、うきうきとしたばら色の雲の中にもどっていった。この雲の中の生活は、ある晩、オールダーショット氏が玄関の呼び鈴をならしたときからはじまった。彼は、中央党はぜひあなたに東バタシー区から国会議員に立候補していただきたいので、お願いにまいりました、といった。

さいしょは、からかうのもいいかげんにしてくださいよと、本気にしなかったおばさんも、清廉潔白と誠実さで知られた候補者が必要なのだと説く、若いオールダーショット氏の熱意と、費用のほうはウィルモット・コリソン卿が出すという説明で、ようやく信用する気になった。それに、オールダーショット氏は「支度金」とそえ書きした百五十ポンド〔当時一ポンドは約千八十円〕の小切手を用意していた。ハリスおばさんの銀行に入れるためだそうだ。小切手はたしかに、おばさんを信用させるかたぼうをかついだ。オールダーショット氏はいった。

「候補者はみな、百五十ポンドの金を供託しなければならないんです。もし、その選挙区の全投票数の八分の一以上の票がとれない場合は、この金は没収されるんですよ」

夕方、いつものようにお茶を飲みにやってきたバターフィルドおばさんは、ことのしだいを聞くなり、ゆくてに待ち受けるおそろしい運命について、予言や予想をならべたて、たちまちのうちに、不幸や災難のつめあわせセットをつくりあげた。

「自分のぶんというものをわきまえずに、そんなことに首をつっこんだら、たいへんなことになるよ」

バターフィルドおばさんは、必死になって思いとどまらせようとした。

ハリスおばさんは、自分に差し出された信じられないほどの絶好のチャンスに、興奮で胸をわくわくさせていたのだが、たとえ、わくわくしていなかったとしても、バターフィルドおばさんの考えちがいを証明するだけのためにも、出馬する気になったにちがいない。

エイダ・ハリス、国会へ！　下院で、ずらりとならんだかぼちゃ頭の議員先生を前にして、わかりやすく正常なものの考えかたというくすりを、みんなにのませてあげるエイダ・ハリス！

なにもかもが、現実ばなれのした夢のような気がする。つい二、三日まえまで、オールダーショットという名前など、聞いたこともなかったし、自分が国の政治の場にのこのこ出て行くとは、夢にさえ見たことがなかった。

もっとも、機会さえあれば、わたしにだって、過去のだれよりもずっとましなことができるという自信にゆるぎはなかった。それはハリスおばさんにかぎらず、朝刊に毎日のように載る暗い記事を見て、腹立たしさを朝食のパンといっしょにのみこんでいる、五千三百万余のイギリス国民が、みな感じているところであった。

しかし、おばさんぐらいの年になると、これまでの経験と見とおしの力で、ことのなりゆきというものは、ほんのちょっとしたことがきっかけになって動きだすものだと、知っていた。こんどのことも、あの晩、バターフィルドおばさんとベイズウォーターさんの三人で、テレビに出た政治家について議論をたたかわせたのが、ひょんなきっかけというわけだった。

一たんことが動きだしたら、気のきいた人なら、運命の歯車をむりやりおしとめたりはしやしない。おもしろい場合はなおさらそうだ。おしとめるどころか、運命の背によじのぼってハイドウドウと、たのしんでしまうものだ。

心が決まると、ハリスおばさんはもちまえの底ぬけの気楽な性分がいきおいをましてきて、この計画が失敗するはずはない、と信じはじめた。空いちめんにあざやかに、「国会議員エイダ・ハリス」と書いてあるのが、はっきり見えるような気がしてきたのである。

「さあ、つきましたよ」

オールダーショット氏の案内で、二人のおばさんは、消毒薬のにおいがただよっている、しめっぽい建物のろうかをとおり、「委員会室　立入禁止」という、えらそうな札がかかっている部屋の前にきた。オールダーショット氏がいった。

「わたしが先に入りましょう」

バターフィルドおばさんは、あとずさりをした。

「いやだよ、エイダ、わたしゃこわいよ。わたしゃやっぱり、ついてかないほうがいいよ」

「だまって、さあ、入るんだよ」

ハリスおばさんは、声をひそめてはげましたものの、このときばかりは、むかしからのたよりになる、親身な、悲観ばかりしているこの友だちに、そばについていてもらわなかったら、ハリスおばさんのほうも、とても入っていく勇気はなかった。

気がついたら、二人は部屋に入っていた。十体の肩に乗っかった、とりどりの十人の顔の十対の目がさぐるように、こちらをむいていた。四人の女と六人の男の委員が、長いテーブルをかこんで、それぞれメモ用紙のつづりとえんぴつを前においてすわっていた。

オールダーショット氏が委員たちを紹介したが、ハリスおばさんは一人の名前もおぼえることはできなかった。ただ、テーブルの上座にいたスマイスという人だけはべつだった。ちょっとやっかいな人物だと、まえもってオールダーショット氏に聞かされていたからだ。

スマイスは、だぶつきぎみの背広に、時代おくれの色あいのネクタイをしめた小男だった。ひげのそりあとのこい長いあご、ぺてんにかけることのうまそうな、ひねた口つき、どんなものでもまともに見ようとしない、おちつきのないずるそうな目をしていた。

ハリスおばさんは心の中で、スマイスとオールダーショット氏をくらべた。オールダーショット氏の点数がぐんとあがった。たしかにスマイスは、顔に「こまりもの」という札をぶらさげているような男だった。

しかし、ほかの九人を見て、おばさんはくつろいだ気分になれた。どれもなじみの顔ばかりだった。

もちろん、見ず知らずの人ばかりだが、名前をおぼえられなかったことなど、どうでもよかった。ごくふつうの心をもっているような顔だし、女の人たちは、おばさんが毎日一時間かそこらはたらきに行くお得意さんとか、スーパーマーケットなどで、ひじとひじをつきあわせながら買い物をするおくさんたちと、同じできのようだった。こういう人たちなら、これまでの人生の中のどこかで出会った人ばかりだ。ふつうの庶民のおくさんたちである。

男は店の主人とか、副支配人とか、サラリーマンのタイプだった。テーブルのはるかはずれにすわっている、若い小がらな人は、銀行の受付ふうで、中央にすわっている、いくらか年かさの紳士は、まっすぐに背すじを立てているから、退役軍人といったところだった。

こういう人たちなら、ハリスおばさんはよく知っていた。委員たちはとくに親切そうでもなく、よそよそしくもなかったが、オールダーショット氏が、

「こちらは、きたる総選挙にわが党からの立候補を承知してくださいました、東バタシ

ー区にお住まいの、エイダ・ハリス夫人です」

と、紹介するとみんなは、ほほうと、おどろきのまじった楽しそうな表情を浮かべた。

ハリスおばさんは、

(わたしをさばく委員さんというのがこの人たちなら、気楽にしゃべれるよ)

と思った。

あちこちの家や、アパートや、スーパーマーケットや、大きな店がまえの大衆衣料品のチェーンストアなどで、ハリスおばさんはこんな人々と長話をすることがあるが、だいたいのところ、なやみは似たりよったりだった。だれもハリスおばさんと同様に、天井知らずにあがりつづける物価に追いつこうと、なまりのくつをはいて競走をつづけ、年末にはせめて税金と預金がなんとかとんとんになりますようにと願っている人たちだった。

退役軍人ふうの人が委員長らしく、ハリスおばさんに、よくおいでくださったとあいさつをして、こういった。

「ではハリスさん、なぜこの選挙区から立候補して当選できるとお考えなのか、あなた自身のことばで、お聞かせくださいませんか。そのあと、おさしつかえなければ、二、三、質問をさせていただきます」

ハリスおばさんは、あれこれ悩むこともなく、うきうきした気分で、自信たっぷりに、例の「あんたもわたしも楽しく生きなきゃ」のスローガンからはじまって、気もくるいそうなインフレのことにふれ、たとえわずかなりとも幸福を味わい、安心の吐息をつくことが人間にゆるされているならば、ぜひともインフレの進行を食いとめなくてはならない、としゃべった。

ウィルモット卿をただ一人の聞き手にまわして演説したときよりも、気が楽だった。「卿」なんてものがくっつく人より、この人たちのほうが身近に感じられるし、くらしぶりもおよその見当がつく。

そこで、おばさんはくどくどと説明することはしないで、相手にじかに話しかけていった。母親らしい婦人にはこんなふうに聞いてみた。

「おくさん、ご主人と協力して、子どもさんを学校へおやんなさる費用をつくっておいででしょうが、いざそのときになって、いくらたまってると思いなさいますか。せいぜい半分ぐらいになってりゃいいほうでございますよ。ところが、学費のほうは倍になっちまってます。年金ぐらしのかたはいかがでしょうか」

おばさんのよく光る小さな目が、ちらっと退役軍人にむけられた。

「年金ぐらしのかたがたのことを、だれが心配してくれてますでしょう。請求書はつきつけられるし、おあしはないとなったら、どういうことになるんでしょう。若いご夫妻で、これから子どもができるという人たちは、いかがでしょうかね」

ここでおばさんは銀行の受付係氏と、大きな商店の店員らしい若い男のほうをむいた。

「一週間はたらいたあげく、たまにごちそうを食べたり、趣味を楽しんだり、夫婦で出かけたり、ちょい、旅行をしたりというふうに、うるおいのある生活をおくるための金が、週末にいくらかでものこんなさいますか。

みなさんは家族のためを思って、楽しみはぬきになさっておいでござんしょう。ここにおいでのかたのうちで、入ってくるのと出ていくのと、うまく帳じりがあってるおかたがおいでなさるなら、はい、ちょいと手をあげてくださいまし」

だれの手もあがらなかった。みんなが、心の片すみにむりやり追いやっていた自分たちのふところ具合の問題を、鼻先につきつけられて、元気がなくなっていた。ひとりひとりが、さしせまって苦しめられているやりくりの問題をかかえていたのである。

おばさんは声をはりあげた。

「あの連中は、わたしたちを生かそうとしちゃいません。わたしたちを生かすようにさせなきゃなりません」

ハリスおばさんは、この不公平な経済のしくみをなくすためには、どうしたらいいか、万能薬のたった一つさえ、紹介はしなかったが、おばさんの「あの連中」ということばは、みんなにぴったりきた。それぞれが、しゃくにさわる「あの連中」をもっていたからだ。そうだ、そうだと小声であいづちをうつ声もはっきり聞こえた。

ハリスおばさんは、若いろくでなしども、ビート族、原水爆禁止をわめいている連中の話にうつった。しかし、委員たちは、この問題にはうわの空のようだった。おばさんがさっき描いてくれた楽しいくらしが、ふいにくっきり浮かびあがり、うっとりとそのまぼろしにひたっていた。ひょっとして、つかの間にせよ、やれまたつかいこみすぎて借金だ、といらいらくよくよ思い悩まなくてもすむほどにお金が入ってくる世の中がやってくるかもしれないのだ。

委員たちは、おばさんが連発する、「ちょい」とか「ござんすよ」とかの、下町ことばがまじることなど、すこしも気にならなかった。いま、自分たちの前にいる、濃紺のドレスにベールつきの帽子という、さっぱりした身なりの小がらな婦人は、楽に息のできる世の中にするため、ともにたたかおうと呼びかけているのだ。

「分割払い！　わたしなら、あんなものは禁止する法律をつくりますね。どうせ、金をはらわなけりゃ品物は自分のものにはならないのです」

ハリスおばさんにそういわれて、みんなは、いまでは買わなければよかったと後悔している品物のことを頭に浮かべた。現金でより高く買わされた月賦の支払いが、船乗りシンドバッドの肩にとりついて離れなかった「じいさん」よりおもく肩にのしかかっている。

ウィルモット卿に話したときのように洗いざらい話してしまうと、とうとうハリスおばさんは息ぎれがし、同時にしゃべることも種ぎれになってきた。けれど、「あんたもわたしも楽しく生きなきゃ」のスローガンの魔力にしばられて、おばさんがしゃべりやめて三十秒ばかりは、みんなしいんとしていた。

この沈黙をやぶったのは、スマイスであった。彼は、見かけそっくりの嫌味な口ぶりできりだした。

「ところで、ハリスさん。外交政策については、どういうお考えをおもちですかな。ケニヤ、キプロス、イエメン、ローデシア、それにコンゴについてですな」

合図を待っていた俳優のように、ごく自然にオールダーショット氏が口をはさんだ。

「ハリス夫人は、圧迫されている民族に自由をあたえるべきであり、わが国の利益がおびやかされるような場合は、それを守るべきだと考えておられます。そうですね、ハリスさん」

オールダーショット氏がすばやく投げてくれた命づなを、あいよ、とばかりにおばさんはつかんだ。

「そのとおりですとも。わたしゃとてもそんなふうに、りっぱな説明はできませんけどね」

退役軍人氏が、わが意をえたりと、うなずいてみせた。

小さな町工場でも経営しているように見える、男の委員が質問した。

「ハリスさん、相続税についてはどんなご意見ですか」

「首しめの税ですよ、まったく。あんなふざけたことって、ありゃしない。家族のためにはたらきづめにはたらいて、一生かけて手に入れたものを、死んだとたんに、おかみにまきあげられるんですからね、死んだ人がうらんで、ばけて出ないのがふしぎなくらいでござんすよ」

これで、町工場氏もおばさんの採集ぶくろの中に、しゅっと吸いこまれた。

オールダーショット氏が、さりげなくいった。

「ハリス夫人は、どんな質問にもよろこんでお答えになると思いますが、みなさんもただいまお聞きになられたことがらや、委員会としての態度を、検討なさりたいのではないかとぞんじますが」

委員長が賛成した。

「そうですな。ハリスさんにご足労願い、ご意見をうかがわせていただいたことに感謝します。いったん、休憩にいたしましょう」

スマイスが薄いくちびるをひらいて、なにかいいかけたが、オールダーショット氏がするどい視線を投げて、その口をしぼりあげた。採決がとられ、休憩と決まった。

三人はふたたびろうかに出た。

「いやあ、みごとなものでしたなあ」

と、オールダーショット氏はいったが、バターフィルドおばさんのほうは、おびえきっていた。

「ほんとに命がちぢまっちまった。こんなこた、わたしらみたいなもんのすることじゃないよ。でも、運よくあちらさんから、だめだとことわってくるかもしれないよね」

オールダーショット氏が、おうむがえしにいった。

「ことわるどころか、連中はえさにかんぜんに食いつきましたよ。えさどころか、つり糸のおもりまでのみこんでしまっていますとも」

第五章　車中の悪だくみ

月曜日の午後、三時五分まえ。ジョン・ベイズウォーターさんはウィルモット卿のぴかぴかにみがきあげたこはく色のロールスロイス「ゴールデン・クラウド」を、クラリッジ・ホテルのブルック通り側の玄関に横づけした。

シルクハットに帽章を光らせたドアボーイが、うやうやしく迎えに出た。文句のつけようもないぴかぴかの車に、りゅうとした身なりの運転手を見て、これは大金持ちのおかかえ運転手にちがいないと、見てとったのだ。

三時きっかりに、ウィルモット卿がホテルからあらわれた。つれがいた。赤ら顔、がっしりした体の、白髪まじりの人物で、富と財産とエネルギーと、なんでもできそうな大きな権力といったものが、全身からふき出している感じだった。二人はこのホテルで、昼食をすませたのである。

車のドアのそばにひかえていたベイズウォーターさんには、その紳士はヒュー・コーツ氏だなとすぐにぴんときた。この財界の大物は、しょっちゅう新聞に写真入りで登場している。

二人の紳士は無言のまま車に乗りこみ、ずっしりとこしをおろした。いつもならベイズウォーターさんはドアをしめると、運転席につき、行き先をうしろの主人からつげられて、ホテルの玄関をはなれる。

しかし、その日は初秋の気配がこく、かなりひんやりしていたので、「ひざかけをおかけしましょうか」とたずねてみた。

「ああ、そうしてもらおう」

ウィルモット卿が答えた。ベイズウォーターさんが、ひざかけをひろげていると、ウィルモット卿が指示をだした。

「これから、ちょっとリージェント公園のほうへやってくれ」

「かしこまりました」

二人に毛皮のひざかけをかけおわると、ベイズウォーターさんはドアをしめて運転席にもどり、リージェント通りへむかった。そこから北へポートランド通りを走りぬければ、目的のリージェント公園につく。

切れ目なしにつづく車のすきをねらって、うまくボンド街の交差点をわたったとき、ヒュー・コーツ氏の声が聞こえたので、ベイズウォーターさんはびっくりした。

「すばらしい食事でしたな。それに、あなたから、あの角の土地をお手ばなしにならないでもない、とうかがったのはうれしいですよ。だが、いまわたしが一番知りたいのは、きょうお会いしたほんとうの目的です。まさか、おたがいの健康のために、リージェント公園へドライブというわけではありますまい」

けれど、べつにびっくりすることではなかった。ホテルに車を乗りつけたとき、ウィルモット卿の指図を受けられるように、後部座席と運転席とのあいだの通話器のスイッチを、ベイズウォーターさんは自分で入れておいたのだ。

ところが、ひざかけをひろげているときに、ウィルモット卿から行き先をいわれたので、卿もベイズウォーターさんも、通話器のスイッチを切るのをわすれてしまった。

スイッチは後部座席にむかいあっている補助席についている。それを切るほかは、声が流れてくるのをさえぎる手だてはない。ベイズウォーターさんは、車をとめて「うっかりいたしておりました」と、卿にいったものかどうかとまよった。と、主人の声が耳にはいった。

「おっしゃるとおり。いや、だれにも聞かれるおそれのないところで話をするには、いまの時代では走っている車の中しかありませんからな。じつは、あなたのお耳にだけ入れたいことがあって……」

ベイズウォーターさんの義務は、はっきりしていた。車をとめて、通話器のスイッチを切ることだ。けれど、やはりそこは人間のことだから、強い好奇心にかられた。運転席と後部座席とのあいだは、あついガラスでしきられている。ウィルモット卿がいみじくも指摘したとおり、声のもれるおそれのない走る車の中で、政界と財界の大物二人はどんな秘密会談をするのだろう。

いま、もし、通話器のスイッチを切るために、しきりのガラスをコツコツやったり、車をとめてうしろにまわったりしたら、かえって主人に具合の悪い思いをさせ、客の目にも、いかにも主人がまぬけに映るだろう。それに、ベイズウォーターさんは、自分の口のかたさには自信があった。イングランド銀行の地下金庫室へ入れて鍵をかけたのと同じくらいである。

そこで、もっぱら運転のほうに神経を集中して、車のこまないわき道を通り、まもなくリージェント公園に入ろうとしたとき、ウィルモット卿の声が耳に飛びこんできた。

「ところで、東バタシー区で勝利をおさめたいとはお思いになりませんかな」

コーツ氏はびっくりして、口もきけなかったにちがいない。東バタシー区は、むかしから労働党のゆるぎない地盤だからだ。返事がないので、ウィルモット卿はふたたび口をひらいた。

「これは、このまえの選挙の得票表ですがね。労働党はざっと四千票という大差で勝っておりますな。われわれ中央党はさっぱりふるわず、供託金を没収されております。ところで、こんどの選挙で、労働党へ行く票を五、六千票、中央党がちょうだいしたら、あなたの党は二千から三千票の差をつけて、労働党に勝てますよ」

ヒュー・コーツ氏が鼻から蒸気をふきあげたので、ベイズウォーターさんの耳元で通話器の振動板がはげしくふるえた。

「なんですと！　チャッツワース・テーラーでしたかな、お宅のあの区の候補者は。あのテニスの選手では、労働党から票をうばうどころか、またぞろ供託金を没収されるのがおちでしょう」

「ところが、チャッツワース・テーラーではなく、かならず労働党の票をうばえる候補者を立てるとしたら」

「ふうむ」

　コーツ氏はしばらくだまっていたが、

「すると、そのような候補者に心あたりがおありというわけで？」

「さよう」

「ううむ。――で、交換条件は」

「そうですな。われわれとしてはフェアフォードクロス区が非常にほしい。が、むろん、お宅の候補者とはたちうちはできません」

「なるほど」

　ヒュー・コーツ氏は、たちまち、ウィルモット卿の腹を読みとった。そればかりか、たいして実りもないそのもくろみを思いやって、いくぶんあわれみさえした。たとえ、フェアフォードクロス区を中央党にゆずったところで、奇跡でもないかぎり、中央党がふたたびイギリスの政権をとることはありえないのだ。フェアフォードクロス区の夢はもうかえらない……。

　だから、東バタシー区を保守党がおさえて、労働党にひと泡ふかせてやれるものなら、フェアフォードクロス区を中央党にゆずってやってもよい。いわば使い道のなくなった手持ちのこまを、相手の強いこまと交換するようなものだった。ただし、保守党の候補者を勝たせるためには、労働党に入る票を横あいからうばうだけの力のある候補者を、中央党が立てたらのことだ。

コーツ氏は聞いてみた。

「その候補者は決まっておりますかな」

ウィルモット卿が現在の地位と財産を手に入れたのは、たくらみの名人だったおかげである。相手が大賛成で食いついてはこない取引を成功させるには、相手をびっくりぎょうてんさせ、ショックでぼんやりとなってしまうほどの目にあわせるのが、たいへんきき目があることを、卿はゆたかな経験で知っていた。

「じつは、わしのところの通い家政婦でね。エイダ・ハリス夫人という六十代の婦人だが、東バタシー区ではなかなか尊敬されていましてな」

ベイズウォーターさんは、あと千分の一ミリのところで、ロールスロイスの鼻先を前のタクシーのおしりにぶちあてるところだった。こんなへまは、彼の長い運転歴にも一度もないことだった。エイダ・ハリスの名前が聞こえたせいで、あやうく大事故になるところだったが、それでも彼は、通話器がはたらいていてよかったと思った。

（エイダ・ハリスが、国会議員に立候補する？　聞きちがいではないだろうか。よりにもよってエイダ・ハリスとは！　だんなさまはおきのどくに悪魔にとりつかれ、頭をやられておしまいになったのだろうか……）

いまや、ベイズウォーターさんは自分を二つにわける大仕事にとりかかった。運転手として忠実、かつ安全に運転する自分と、うしろの会話の切れはしさえも聞きもらすまいと、いっそう熱心に耳をかたむける自分の、一人二役だった。やがて、ことのしだいがのみこめてきた。

コーツ氏がいった。

「あなたのところの通い家政婦ですと？」

「いかにも、うちの通い家政婦です。あの女なら、労働党から六、七千票は確実にさらいますね。あの選挙区では、わが党がかつてなく優勢をしめますよ。だが、勝利をしめるのはお宅というわけです」

真っ正面から強烈なパンチをくりだされては、ひとたまりもない。コーツ氏は、ウィルモット卿（きょう）の自信たっぷりな、おちつきはらった態度に気をのまれ、どうやら信じてやってもいいような気がしてきた。

「くわしくお話ししていただけませんかな――」

そこでウィルモット卿は説明をはじめたが、同時にベイズウォーターさんにも聞かせるはめになった。卿は、病気になった朝のことからしゃべりはじめて、ハリス夫人の演説、そのスローガン、それが自分にあたえた影響、その結果、こんどの計画を思いついたことなどを話した。

ウィルモット卿がぬけ目のない、まさに自分に一歩もひけをとらない好敵手であることは、コーツ氏もよく承知していた。この話は、真に受けてよさそうだった。

さらにウィルモット卿は、ハリス夫人にはじめて会ったオールダーショット氏が、いい印象を受けたことと、あの夫人ならかならず成功するといった彼のことばも、つけくわえた。卿は、話をこうしめくくった。

「ご同意いただければ、とうぜん、あなたもあの女にお会いになりましょうな。ご自分の目でたしかめてみれば、なるほどとお思いですよ」

ウィルモット卿は、いかにもいきいきとおばさんの話しぶりをまねてみせた。それにくわえて、ハリスおばさんの「あんたもわたしも楽しく生きなきゃ」というスローガンには、まったくおどろいたことに、二番せんじでもなお魔力があるらしい。というのは、コーツ氏はウィルモット卿をあざ笑うどころか、だまりこくって真剣に考えこんでしまったのである。（あの選挙区には魅力がある。東バタシー区で保守党が議席をとれるなら……）

「で、われわれになにをご希望です」

「お宅の古だぬきのウーラム氏に、こんどの選挙をおりるよういいきかせてもらいたいのです。あの老人も年ですから、これを機会に引退できればよろこぶんじゃないですかな。あなたは長年にわたって、あそこの委員会をにぎっておられるし、フェアフォードクロス区で、あなた以上の権力者はおりません。

ウェスタリーとかバンダーソン――二人ともあの区では評判が悪いそうだから――そのあたりの人物を候補者に立ててもらえたら、わが党のケンプトン少佐がゆうゆうと勝てると思うのですがな」

コーツ氏がだまっているので、ウィルモット卿はさらに追いうちをかけた。

「あなたがほしがっておられる、あの西ホーバーンの角地も、お気にそうような取り決めにもってゆけると思いますよ」

ふいに、コーツ氏がいいだした。

「しかしだ、よろしいか、もしもその家政婦が当選でもするようなことになったら、えらいことだ」

ベイズウォーターさんには、たいせつな友人を利用しての悪だくみのいっさいが、このときはじめてはっきりとわかった。ウィルモット卿がだんことして、コーツ氏にこう答えたからだ。

「あの女が当選することはありえない！　当選はさせませんよ。保証します。選挙運動を細工して、労働党の支持者がいる地域だけをかきまわすのです。すると、労働党に反対する労働者の新候補が出たという結果になる。もちろん、こちらの候補者のほうが、はるかに人気があるというわけだ。気心のわかったなかまに呼びかけてるようなものですからな。しかし、あの女には、あなたの保守党や、わが党の地盤あたりには近よらせません。かぎられた地区での選挙運動です」

「選挙運動の指揮をとるのは、だれですか」

「チャールズ・スマイスという男です。腹黒いやつだが、こういうことにかけては、うってつけですよ。なにもかもこころえていますからね。あいつは、わしのいいなりになります」

「その女を、テレビにお出しになりますか」

「とんでもない！　いまもいったとおり労働党の支持者だけをねらって、選挙運動をさせるのだから」

とつぜん、コーツ氏は、未開のジャングル時代の祖先の血がよみがえってきたらしく、あらあらしい声をはりあげた。

「もしも、フェアフォードクロス区でも、東バタシー区でも、中央党が議席をとるという具合に、われわれをうらぎることがあったら、非常にふゆかいなことになりますぞ」

ウィルモット卿もおとらず、未開人にもどって、やばんな声でどなった。

「われわれとしても、フェアフォードクロス区でがっかりさせられたら、かくごをしてもらいますぞ」

ベイズウォーターさんがちらっとバックミラーをのぞくと、両巨頭はにらみあっていたが、たちまち笑顔にもどり、握手でもしているらしく腕の動くのが見えた。

さて、ベイズウォーターさんは、こまった立場に追いこまれた。この政界をあやつる大物二人が、純情ひとすじの女性をおとし入れるけしからぬ計画を知ってしまったのだ。しかし、ウィルモット卿が通話器のスイッチが入っているのに気づき、秘密会談を運転手にすっかり聞かれてしまったと知ったら、どうしよう。大物二人が相手では、どんなことになるのやら、ハリスおばさんと彼自身の身にどんなしかえしをされるものやら、わかったものではない。なんとかしなくては……。

ありがたいことに、霊感がひらめいた。彼は道路のわきに車をよせると、外に出て、うしろのドアをあけた。

ウィルモット卿はおどろいて、まゆをひそめた。

「どうしたのかね、ベイズウォーター」

ベイズウォーターさんの体は、すでに半分ほど車の中に入っていた。

「ガタガタ音がいたします。この補助いすのせいでございましょう」

彼は補助いすを起こし、うしろから見えないように肩でかくしながら、通話器のスイッチを切った。

「これでよろしいとぞんじます。おさわがせして、もうしわけございませんでした。ですが、補助いすのゆるみがもっとひどくなりそうでしたので」

彼はドアをしめて運転席にもどった。

車が走りだした。あぶないところだった。というのは、しばらくは、二人が熱心に話しあっているのがバックミラーに映っていた。もちろん、二人の紳士がかわりばんこに口をぱくぱく動かしているのが見えるだけで、声は聞こえなかった。しかし、ほどなく、ウィルモット卿が通話器のスイッチを入れたのである。

「これから、コーツさんを産業会館へおおくりする。それから事務所へまわってくれ」

やれやれ、発見されないですんだ。ベイズウォーターさんのひたいに、大つぶの汗がふき出した。しかも、親友エイダ・ハリスおばさんを救わなければならない大情報を手に入れることができたのだ。

＊　＊　＊

ベイズウォーターさんは、テレビとお茶の木曜日の晩まで、待っていられそうになかった。エイダにすべてを知らせて、この悪だくみを芽のうちにつみとってしまわなければならない。立候補してくれとのたのみを、冷ややかにことわってしまうのだ。

けれど、ベイズウォーターさんは、独身をまもっているのもそのせいかもしれないが、習慣をくずさない主義だった。エイダ・ハリスにあうのは、木曜日の晩と決まっている。また、ウィルモット卿が市内の仮住まいに泊まるのも木曜日と決まっていた。選挙のほうは、まだほんの二、三の候補者が名のりをあげたにすぎないのだから、あわてる必要はないだろう。エイダ・ハリスに知らせるのは、木曜日の晩でもだいじょうぶ、と考えなおした。

ところが運悪く、そうは問屋がおろさなかった。ベイズウォーターさんは千里眼でも大予言者でもない。が、ハリスおばさんの家に近づくにつれ——といっても、実のところこれ以上はもう先へすすめない、というところまで近づいた程度だったのだが——しきりに胸さわぎがしてならなかった。というのは、いよいよ木曜日の晩、ベイズウォーターさんがウィリスガーデンズに乗りこんでみると、いつもとすっかりようすが違っていたのである。

おびただしい車がずらりと駐車している。しかも、自分の車を乗り入れるときになってどきりとしたのは、車の数ばかりではない、その車のどれもこれもがとびきりの高級車だったのだ。どこかこの近所で祝いごとでもやっているらしい。

ところが、心配になってきた。そのさわぎの中心は、五番地のつつましいドアのあたりだった。

不安で気が急き、いそいでドアをあけたとたん、目の前でぱっとフラッシュをたかれ、一瞬、なにも見えなくなった。だが、耳はやられなかったので、にぎやかなざわめき、皿やグラスのカチカチふれあう音、「おめでとう!」というかん高い声などが耳に飛びこんできた。

くらんでいた目がもとにもどり、ひとみをおおっていた二つの緑色の点が薄れてくるにつれ、ベイズウォーターさんは自分が劇的な場面にむきあっているのに気がついた。

仕事用のスカーフを髪にまいて、うわっぱりを着たハリスおばさんが、モップを片手にして、新聞社のカメラマンや、映画会社の技術者、マイクをむけている男たちなどの前に立っていた。片ほうの肩に大きなむらさき色のらんの花かざりをつけて、うっとりと、幸福そのものの表情をしていた。

おばさんをとりまいているたくさんの人々は、見おぼえのない顔ばかりだった。みんなにこにこしていたが、一人だけしかめっつらをしているのがいた。だぶだぶの服の小男だった。ベイズウォーターさんは、この男をどうも虫の好かないやつだ、と思ったが、のちになってますます嫌いになる運命にあったのだ。

マイクをもっている男がどなった。

「大佐、すみませんが、さっきのスピーチをもう一度やってくれませんか。うまく録音できなかったんです。準備よし！　はい、どうぞ！」

退役軍人らしい老紳士がすすみ出ると、せきばらいをしてはじめた。

「ハリスさん。中央党東バタシー区委員会は、全員一致であなたを党公認の国会議員候補に指名いたしました。きたる選挙において、かならず議席を獲得して、われわれの期待におこたえくださるものと確信いたしております。おめでとうございます。ご健闘を祈ります」

マイクをにぎった男がどなった。

「けっこう、けっこうでした。では、ハリスさんのばんです」

一瞬、ベイズウォーターさんは、頭が混乱してしまい、教会の結婚式に出席しているような錯覚におそわれた。――牧師がこんなことをいっている。

「この両人の神聖なる結婚に異議ある人は……」

で、ベイズウォーターさんは、通路をかきわけながら、正気を失ったように叫ぶ。

「その結婚には、反対！　反対！」

もちろん、これはなかば悪夢のような空想で、それに、もう手おくれだった。ハリスおばさんが、こう返事をしていた。

「光栄にぞんじます。最善をつくすつもりでございますよ」

すこしはなれたところでバターフィルドおばさんが、涙で顔をくしゃくしゃにしながら、大きな音を立ててはなをすすりあげた。パチパチと拍手が起こり、叫び声があがった。

「けっこうでした」

マイクロフォンの男がどなった。フラッシュが何度も閃光をはなったのち、カメラマンや映画会社の人たちは、商売道具をかたづけはじめた。ハリスおばさんは、ベイズウォーターさんが、まだ、ぼんやりと入り口につっ立っているのに気づいた。

「ジョン！　ベイズウォーターさんってば！　わたしゃ政治に乗り出すことになったんだよ。あんまりふいなもんで、わたしの頭の中はうずまきですよ。さあ、ここへきて、親切なかたがたに会ってくださいよ」

ベイズウォーターさんはいやおうなしに、中央党の東バタシー区委員の面々に紹介された。選挙事務長のスマイスというのが、さっきの虫の好かない男だった。フィリップ・オールダーショットとかいうほうは、まあましなように見えた。

シャンパンがくばられた。新聞記者たちはまだえんぴつを走らせていた。ハリスおばさんはまるで子どものように、無邪気によろこんでいた。いまさらどうしておばさんの夢をぶちこわせよう。

車の中で聞きこんだ話に、これまでのこと、目のまえで起こっていることをつなぎあわせて考えてみれば、すぐにもなぞはとける。先週の木曜日の夜のテレビの討論会が、そもそものはじまりというわけだ。エイダは、ウィルモット卿のまえで一席ぶちまくり、おかげで、卿の悪だくみにのせられるはめになったのにちがいない。

おばさんが興奮に胸をわくわくさせているわけは、ベイズウォーターさんにはよくわかった。エイダには素朴な正義感、はえぬきのロンドンっ子の茶目っ気、自分の住んでいる土地への愛情、その土地に住む人々はみんななかまだという気持ちと、くるしんでいる人たちへの同情などが、小さな体にいっぱいつまっているのに、そんな心を生かす折がほとんどなかったのだ。

おばさんは、政治とか選挙だとか、国会のしくみなどはぜんぜん知らない。そして、国会議員になったら、すぐにも国会で演説がぶてると思いこんでいて、それだけが楽しみなのだろう。

ベイズウォーターさんは、政治のかけひきがとかく汚いものになりがちであることぐらい、じゅうぶんわきまえていた。いつの時代でもそうだったのだ。下院で、反対党の議員とぐるになって投票を棄権するしくみにはじまって、ついこのあいだの首相交替の舞台うらにも、いやらしいからくりがあったにちがいない。けれど、こんどの場合は、政治工作の犠牲になって、みじめに心を傷つけられる人がある。それが、エイダ・ハリスなのだ。

ウィルモット卿のたくらみで、エイダは当選できないだろうし、スマイスとかいう男はぬけめなく罠をしかけるだろう。なんとかして、自分が耳にしたことをエイダに伝え、とりかえしのつかないことになるまえに、政治の怪物どもがしくんだおそろしい罠から、おばさんを救い出さなければならない。

しかし、それにはどうしたらいいか。こんなにごったがえしている場所では、おばさんに伝えることはおろか、とても考えごとなどできはしない。ベイズウォーターさんは台所へ逃げこんで、ちえをしぼりはじめた。

台所で、ああしたらどうか、だめだ、こうしたらどうか、それもだめだ、と考えながら、二、三分たったときに、入り口に人の気配がした。顔をあげると、ハリスおばさんがいた。けれど、いつものハリスおばさんとは、まるで人がちがって見えた。

りんごのようなほおは、シャンペンでなお赤くなり、肩には大きならんの花かざりをつけていた。そのせいだけではなかった。いつもなら天使はおろか、悪魔でさえしりごみするような場所にさえ、平気でしゃしゃり出て行くハリスおばさんらしくもない、妙におずおずした態度だった。

おばさんは、入り口にたたずんでいた。ベイズウォーターさんには、その姿が、一瞬、ふるえおののいている小鳥のように見えた。つっとおばさんが入ってきた。そして、ベイズウォーターさんが思いもよらなかったことをいい出すのだが、それを聞いたとたん、彼は、心臓を刺しつらぬかれ、身うちがぶるるとふるえ出すのを感じた。

おばさんは、ぽつりとこういったのだ。

「わたしのためによろこんでくれないのかい、ジョン」

とたんに、ベイズウォーターさんは、あなたはだまされて、あやつり人形にされているのだとは、口がさけてもいうまいと決心した。いったら、おばさんをもっとひどいどんでんがえしのからくりに、まっさかさまに墜落させるような目にあわせることになる。よし、それよりも、おばさんにはなにも知らせず、なんとかしてまもってやろうという考えが、ベイズウォーターさんの心の中で頭をもたげた。

そして、ベイズウォーターさんは、自分がどんなにエイダを好きなのか、はじめて気がついた。エイダを苦しめたり、不幸な目にあわせないためなら、どんな苦労もするつもりでいる自分に気がついたのだ。

ベイズウォーターさんは、にっこりして、いった。

「ああ、もちろん、よろこんでますとも。また、非常に誇りに思っていますよ。あなたはわれわれ一同の誇りです」

そのことばを聞いたとたんに、おどおどしているハリスおばさんはたちまち消えて、いつものエイダ・ハリスにもどった。おばさんはいたずらっぽくウィンクした。

「でもねえ、考えてもごらんなさいよ。このわたしが国会のぐうたらどもに意見を述べるなんてねえ。さあ、あっちへ行って祝い酒をのみましょうよ」

ベイズウォーターさんはおばさんについていった。手におしつけられたシャンパンを一杯、さらに一杯とあおって、みぞおちのあたりのやりきれない思いを、シャンパンといっしょにのみくだし、胃の中にとじこめてしまおうとした。

グラスを手にしたまま、ベイズウォーターさんはふと、ウィルモット卿の話に出たスマイスという男に目をとめた。スマイスは委員たち――おおかたはすでに引きあげていたが――のむれから少しはなれて、にくらしそうにハリスおばさんを見ていた。

（あれがエイダの当選のじゃまだてをおおせつかっているやつだな！）

まじめでひかえめなベイズウォーターさんにひそんでいた愛と正義の精神が、おどり出て、白い軍馬にうちまたがり、旗をひるがえし、進軍らっぱをふきならした。

（あのうじ虫めがエイダの当選のじゃまをするなら、このジョン・ベイズウォーターは、エイダ・ハリスをなんとしてでも当選させてみせるぞ！）

その夜おそく、ベイズウォーターさんは自分の小さなアパートの机の上で、むかしの銅版画についているような美しい字で、二通の手紙をしたためた。

さいしょの一通は、ニューヨークにいるジョエル・シュライバー社長と、おくさんのヘンリエッタにあてたものだった。

親愛なるシュライバーご夫妻さま
失礼をもかえりみず、お手紙いたしますのは、わたくしどもの友人エイダ・ハリスさんにつきましてのことで、わたくしがこうしてお便りいたしますことを、ハリスさんは知りません。どうぞ、ハリスさんにはないしょにしていただきますよう、お願いいたします。

ハリスさんはいま、こまった立場におかれております。ともうしますのは、きたる総選挙に立候補することを承知してしまったからでございます。これはすべて、わたくしの知っております、ある政治屋の悪だくみなのであります。その人物の名前は、いまはお知らせしませんが、お目にかかりましてから直接お耳に入れるつもりです。

もしお力ぞえ願えますものなら、選挙戦の時期にあわせてこちらへおいでいただけませんでしょうか。このようなことをもうしあげますのも、あなたさまがたが、ヘンリーぼうやのためにつくしたハリスさんに、深い好意をおよせくださっているのをぞんじているからにほかなりません。

おふたかた、ならびにヘンリーぼうやのご健康を、お祈りいたします。

敬具

ジョン・ベイズウォーター

二伸

ハリスさんは、東バタシー区から中央党公認候補として立ちます。中央党にはぜんぜん勝ちめはありません。東バタシー区は労働党の強い地盤だからです。落選し

たら、ハリスさんは心にひどい傷を受けますでしょう。　　　　J・B・

二通めは、ワシントンの駐米フランス大使シャサニュ侯爵にあてた。このほうは書くのにたいへん骨が折れて、何枚もびんせんをむだにした。

尊敬するシャサニュ閣下

閣下のありがたいご親切にあずかりながら、国へ帰りたさから辞職いたしましたわたくしのようなものから、手紙をさしあげます失礼を、おゆるしいただきとうございます。

こうしてペンをとりましたのは、閣下のご親切にいま一度すがりたいいっしんからでございます。じつは閣下のご友人でもありますエイダ・ハリス夫人が、やっかいなことにまきこまれたのでございます。こんどはハリスさん自身がひきおこしたことではなく、高い地位にある人物が卑劣な政治目的のために、このか弱い婦人を利用しようとたくらんだものであります。

ハリスさんは中央党から国会議員に立候補するように、説得されました。中央党は、イギリスでは人気のない党であります。

ハリス夫人を候補にした目的は、労働党の票を二つにわって、保守党候補を勝たせることにあります。もちろん、このようなことは、わたくしなどより閣下のほうがよくごぞんじのことでしょう。

わたくし自身は保守党を支持しておりますが、このようなやり口には、たえられません。それで、国際政治の重要な舞台でご活躍の閣下にお願いもうしあげれば、ハリス夫人を当選させるに役だつ方法をおさずけいただけるかもしれぬとぞんじ、こうしてお手紙をさしあげる決心をしたしだいでございます。

ハリス夫人には、政治の知識はぜんぜんございません。わたくしとても同じでございます。しかし、ハリス夫人は自分の使命感に燃えております。閣下と同様に、ハリス夫人の人がらを愛している一人であるわたくしといたしましては、あの人があやつり人形にされ、傷つくのを見るにしのびないのであります。

ロールスロイスは、もうしぶんない状態でございましょうか。わたくしが推薦もうしあげた男が、手入れをおこたりなくいたしておりますよう願っております。また、いち手におえない事態が起きましたら、いつでもわたくしのこの住所あてに連絡してくれるようお伝えください。あの車のことでしたら、すみからすみまで頭に入れておりますから、なにかお役に立つこともあるかもしれません。

このような、ぶしつけな手紙をさしあげる失礼を、かさねておわびいたし、閣下のご健康を心からお祈りいたしております。

閣下の忠実なしもべなる
ジョン・ベイズウォーター

二伸
ご職務がら、いまさらもうしあげるまでもないとはぞんじますが、くれぐれも内密にお願いいたします。

書きおわると封をし切手をはって、ベイズウォーターさんは、手紙をポストに入れにいった。もう午前一時をすぎていた。ポストの底に手紙の落ちる音を聞いて、はじめて彼はほっとした気持ちになった。

第六章　スマイスの決意

日曜日の午後、その日はバターフィルドおばさんが、ウィリスガーデンズ五番地のハリスおばさんをたずねていた。二人は日曜日ごとにかわりばんこで訪問しあうことにしていた。

二人のまわりは、新聞でいっぱいだった。日曜版だけではなく、土曜日の朝刊と夕刊もあった。どの紙面にも、通い家政婦さんのエイダ・ハリスが東バタシー区から下院議員に立候補したという記事が載っていた。

居間は、いつものとおりだった。ただ、炉だなの花瓶にさしてある大きならんの花たばが、しおれかけてはいたけれど、それはまだ、このあいだのはなやかなパーティのなごりをとどめていた。

ハリスおばさんは、いまもまだ、ばら色の雲の中にいる気分だったが、バターフィルドおばさんは、まるまる太った体に、かなしみをにじませていた。ちらかった新聞からは、友だちであるハリスおばさんの顔が、バターフィルドおばさんを見あげていた。

バターフィルドおばさんは、ため息をついていった。

「こうなっちまったら、あんた、お得意さんに退職のあいさつ状を出すんだろうね」

ハリスおばさんは、きょとんとした。

「わたしがかい。なんで？」

「だって、あんたは有名人になったんだもの」

バターフィルドおばさんは、それを裏書きしている新聞記事を指さした。

「国会の掃除に、新種のほうき登場。下院の大掃除に通い家政婦さん。中央党から東バタシーのエイダ・ハリス夫人」

「むかしながらの床みがきが必要な国会。掃除のおばさん、東バタシーから立候補。エイダ・ハリス夫人は、『あんたもわたしも楽しく生きなきゃ』というはたきで国会のちりをはらうか」

また、こんな記事ではじまっているのもあった。

「東バタシー区から国会進出をめざすハリス夫人の登場は、もう一人のロンドンの名物掃除おばさんアリス・バーンズ夫人の再来を思わせるものがある。バーンズ夫人は、クラリッジ・ホテルの掃除婦からバーモンジー市のファーストレディに抜擢(ばってき)されたが、ハリス夫人もまた、イートンスクウェアの上流社会の貴婦人たちをお得意先とする通いの家政婦さんである。

そのメンバーには、レディ・ダント、ウィルモット・コリソン卿(きょう)、アレキサンダー・ヒーロー氏、ウィンチェスカ伯爵夫人などがふくまれている。

木曜日におこなわれた自宅での記者会見では、思いきった経済改革に乗り出したい、とかたった……」

またほかの新聞は二段ぬきで、らんの花をつけたハリスおばさんの大きな写真をかかげ、その上に「バタシーこそわが町」という見出しがついていた。おばさんの肩ごしに、バターフィルドおばさんが三分の一ほどうつっていた。

ハリスおばさんは笑った。

「わたしが仕事をやめるって。そんな記事のためにかい？　ほかにましな記事がなかったんだよ。こんなもの、たばにしてもってったって、店でお茶やバターが買えるわけじゃなし、なんの値打ちもありゃしない」

「こんどは、テレビに引っぱり出されるよ」

バターフィルドおばさんの「テレビ」ということばには、まるで「刑務所」のことをいっているような、暗い感じがこもっていた。

「とんでもない！　わたしなんぞを出すわけないじゃないか。すくなくとも、いまのところは出やしないよ。スマイスさんも、テレビはわたしの役には立つまいといってなさるしね。それに、ちょいと出るにも、とても金がかかるもんで、テレビにゃ出さないことにしたんだとさ」

そういってから、ハリスおばさんは夢を見る目つきでつけくわえた。

「だけど、わたしもいっぺんはテレビに出てみたいもんだね。あんたは、どう、バイオレット」

「わたしがかい。わたしゃこわくてだめだよ」

それから、バイオレットは関係のないことをいった。

「わたしゃ、あの男が大きらいだよ」

「だれがきらいだって」

「あのさるみたいな顔の小男だよ。ほら、マイスとかいう」

「ああ、スマイスさんかい。いい人だよ」

「それじゃ、あの男はなぜ、カメラマンがあんたの写真をとろうとしたり、新聞記者が質問をしようとするたんびに、じゃましようとしたんだい。あんたが大さわぎされてるのが、気に入らないにちがいないんだよ。あんたの気がつかないときに二度ばかり、あの男がじっとあんたを見てたけど、たしかにあんたをきらってるよ」

ハリスおばさんは笑った。

「いいじゃないの、バイオレット。あの人のもって生れた顔を、せめるわけにはいかないじゃないか。あの人がこのお祭りさわぎの指図をしてるんだよ。選挙にかけちゃベテランだって、オールダーショットさんもいってなさるしね」

バターフィルドおばさんは、ふんと鼻をならしていった。

「あんたがなんてったって、わたしゃ、あの男から目をはなさないよ」

ハリスおばさんは、大きなはさみで、うれしそうに、自分のことが出ている記事の切りぬきをはじめた。

スリラー作家なら「ディオールのドレスの冒険」とか、「行方不明の父親の事件」という題でもつけそうな、突拍子もないことをハリスおばさんがはじめたとき、バターフィルドおばさんはぶつぶついいながらも、手をかし、いっしょに困難を切りぬけてきたのだった。いま、かっぷくのいいこのおばさんはおろおろ気をもみ、あきれもしながら、ハリスおばさんをじっと見まもっていた。

小がらなエイダ・ハリスは、これからのちも長く、通いの家政婦として朝から晩まではたらき、いそがしかったらバターフィルドおばさんに応援をたのみ、ときたま、いっしょに映画やドッグレースに出かけて、おだやかで平凡な生活をつづけるはずだったのだ。ところがいきなり、さなぎからちょうになったみたいに、エイダはたちまち変身して、空高くまいあがって、でぶのバターフィルドおばさんなんかが、とても追いつけそうにないところへ行ってしまおうとしている。

バターフィルドおばさんにいわせると、国会議員になろうなんて、こんどはとりわけ度がすぎていた。不幸の予想でいつもおびえているおばさんの骨は、おそろしい破滅のおとずれが――どんな破滅かはわからないが――ひしひしと感じられて、ガタガタなりひびいていた。

この選挙さわぎであらわれてきた人物たちをだれ一人、バターフィルドおばさんは信用していなかった。あの人たちは「わたしらのなかまじゃない」のである。これまで、自分のなかまとだけくらしてきたからぶじでいられた、というのがこのおばさんの信念だった。

国会がなにをするところか、そもそも政府とは何なのか、おばさんにはまるで見当もつかなかった。毎日の生活にはなんの関わりもなさそうだった。おばさんはハリスおばさんと似かよった仕事でくらしを立てている。ただちがっているのは、掃除のかわりに、お得意先をまわって食事をこしらえてあげるのだった。

専任のコックをやとえない家のためのバターフィルドおばさんの仕事は、収入はいっさい現金なので、税務署とも縁がなく、単純な平和な日々をおくってきた。いい生活だった。それなのに、エイダがなぜ、自分たちのしずかなくらしをかきまわすようなことをはじめるのか、わからなかった。おばさんは、かなしそうな声で聞いた。

「国会で、あんたはなにをするのかい、エイダ」

「法律をこさえるんだと思うよ。それから、演説をするんだと思うよ」

「どんな法律をこさえるのかい」

「人を助けるような法律だよ。たとえば、あんたやわたしたちみたいなものをさ」

「わたしゃ、法律なんてものいらないよ」

バターフィルドおばさんが、いいはなった。

「いるんだよ、ぜったい」

ハリスおばさんがいいかえした。

「法律がなかったら、国はやってかれないんだってば。わたしゃ、この地区の人たちみんなのためになるようなことをするつもりだよ。仕事にあぶれている人とか、屋根裏でおなかをすかしてるような人のためにね」

「法律はどうやってこさえるのかい」

バターフィルドおばさんはしつこく聞いた。

ハリスおばさんは考えこんだ。はじめて真っ正面から聞かれてみると、なにもわかってはいなかった。

「どうやってこさえるもんかねえ……。でも、まず、こうしたらいいっていう演説をやってからはじめるんじゃないかねえ。だけど、じきわかるよ。新聞で写真を見たろう。あのロナルド・パックルみたいなのがたくさん、議員さんになってるんだから、面倒なはずはないよ」

いろんな心配ごとの中でも、とくにバターフィルドおばさんの心を痛めていることがらが、とうとう泣き声となってほとばしりでた。

「ねえ、エイダ。あんたはたいへんな出世をして、えらい人たちのなかまに入っちまうんだもの。わたしゃ、かけがえのない友だちをなくすわけだねえ!」

「なんだって、あんたがわたしの友だちじゃなくなるって。とんでもない、なんてことというのさ!」

二人のおばさんは抱きあい、声をあわせて泣き出した。興奮、不安、新しい経験の一週間をすごした二人は、やっと泣くことによって、しみじみと満足のひとときをすごしたのだった。

＊　＊　＊

酒場「キングズ・ジェントルマン」でスマイスは、東バタシー区の中央党候補ではなくなった、チャッツワース・テーラーをなぐさめていた。党本部に近いこの酒場には、党員たちがよくうさばらしに立ち寄るのだった。

　ここ一週間のなりゆきに、スマイスはすっかりくさってしまい、いつにもましていらいらして、不機嫌だった。ウィスキーとビールをまぜこぜにのんだので、なおさらひと荒れしそうな気配になっていた。

「あのばあさんなんかに、なに一つしてやるもんか。指一本うごかさんぞ。ウィルモット卿に思い知らせてやるんだ。われわれに大恥をかかせやがった。自分とこの通いの家政婦を立候補させるとは、なんてこった！　あの大将、頭がいかれたにちがいない。見ておれ。目にもの見せてやるからな。なんにもしてやらんぞ」

　スマイスに付き合ってのんでいるチャッツワース・テーラーのほうは、酔いのまわりかけた声で、首をかしげてつぶやいた。

「党のためを思えば、やはり手だすけしてやったほうがよくはないですかねえ。大将のお説によれば、政治をやるにはなにより党がだいじ。家族も国も神でさえ二のつぎだそうですからねえ」

　スマイスは、にがにがしげにうそぶいた。

「なにが党のためだよ。だれのためにやってると思ってんだ。この区じゃ、けっきょく、大将のためにやってるんじゃねえか。そのおかえしがどうだい。え？　きみの経歴をそでにしたんだぜ。おれなら、きみを首相にだっておしあげてやったのに。大将は、ぺんにかかったとも知らないきりぎりすばあさんといっしょくたに、きみもすてちまうんだからな！」

ふしぎなことにスマイスは、本気でチャッツワース・テーラーを将来は大物になると信じていたようだった。地区の候補のために選挙運動の計画を立て、指図をし、集会の手はずをととのえ、ちらしをくばり、見こみ票の計算ができる彼が、小物のテーラーをなぜ未来の首相などと買いかぶったのだろう。

チャッツワース・テーラーは、ふくろうのようにしかつめらしい顔をした青年だった。オックスフォード大学でしいれた知識が、頭におさまりきらなくて、ぽろぽろこぼして歩いているような男で、テニスの選手として知られていた。

スマイスは、この青年の背広のすそをつかんでいたら、自分もウィルモット・コリソン卿のような、高い権力者の地位にのぼることができるつもりでいた。それなのに、ひとことの相談もなく、「どんなものだろうね、スマイス」という形だけの質問もなしに、だいじなチャッツワース・テーラーは、ほうきでさっとはき出されてしまったのである。

「ウィルモット卿がなにをたくらんでいるかは、おれにはちゃんとわかってるんだ」

あたりまえだった。オールダーショットに聞いているからだ。

「労働党の票をわって、保守党を勝たせようというこんたんなのさ。そんなら、それでいいとも。供託金がもどる規定の票数さえとれないようにして、大将に大損をさせてやる」

チャッツワース・テーラーは、心配そうな声でいった。

「しかし、そんなことをしたら、あなたがこまった立場になるんじゃないですか。大将に腹づもりがあるにちがいないんですから」

スマイスは、見ぐるしいほどずるい目つきをしていった。

「わかりっこないって。おれだって知れるようなまねはしないさ。こっちの首がとんじまうからね。候補者をやっつけるには、だれも知らない手がごまんとあるんだ」

「しかし、そのばあさんが当選できると、ウィルモット卿が考えておられるなら……」

スマイスが、どんとテーブルをたたいたので、グラスがおどりあがった。

「てめえは、ぼけなすの、ばかや……」

といいかけて、スマイスは気がついた。自分は将来の首相にむかって、しゃべっているのだ。

「つまりだね。まえにも話したように、ウィルモット卿はばあさんが当選するとは思っちゃいないんだ。いつものかけひきさ。きみは貧乏くじを引きあてたわけだよ。そんなしうちにがまんできるかい」

チャッツワース・テーラーは、

「いやちょっと、がまんできかねますが……」

とはいいかけたものの、紳士の身としてははっきりとはいいきれなかった。

「しかし、ウィルモット卿が……」

スマイスが、うちあけ話でもするような口調でいいだした。

「いいかいあのばあさんには、ぜったい当選の見こみはないんだ。われわれは、この地区では選挙はなげだしてしまっている。としたら、きみは、この地区で、労働党と保守党のどちらに勝たせたいかね」

チャッツワース・テーラーの頭の中には、大学でおそわった理論がいっぱいつまっていた。その一つは、「労働党が共産党寄りの者たちと手を切りさえしたら、民主党、中央党となかまをくんで、強力な連繋（れんけい）がむすべる」というものだった。そうなれば、わが中央党にも出番がくる。彼は答えた。

「むろん、労働党ですよ」

スマイスは、鼻をうごめかした。

「そのとおり。この東バタシー区では、保守党には当選させず、労働党が勝つようにしなければならんのだよ。きみも協力したまえ。ひとつ、おれたちの上にのさばっている大将の鼻をあかしてやろうじゃないか」

ようやくチャッツワース・テーラーにも、スマイスのやけ酒の気分がいくらかわかってきた。いっしょになって酒でまぎらわせようともう一杯ずつ注文した。とどのつまり、彼の政治生命は、暗礁に乗りあげてしまった、ということではないか。それも、よりによって、もの知らずの学校もろくに出ていない掃除ばあさんのせいなのだ。あの話しっぷりからすると、たぶん中学すらまんぞくに終えてはいまい。まったく、あれはみっともない顔見世だった。

＊　＊　＊

ベイズウォーターさんは、日曜日はウィルモット卿からおひまがもらえる。そこで、土曜日の午後おそく、ロンドンゆきの列車に乗り、住みごこちのよいこぢんまりした自分のアパートにもどって「おくさん」の面倒を見ることにしていた。

この日曜日、彼は午前中いっぱい、それに午後もかなりおそくまで「おくさん」のせわをし、なでさすり、じっくりいじくりまわした。それがすむと、彼は上着とくつをぬいで足をテーブルに乗せ、パイプをくゆらせながら、うれしそうに外国電報と手紙を読みかえしたり、考えこんだりしていた。電報も手紙も、ゆうべとどいたものだった。

ゆき届いたせわが必要な「おくさん」というのは、一九三六年型のロールスロイスのことである。これは、ベイズウォーターさん個人のロールスで、労をおしまず手入れをしているおかげで新品同様だった。ぴかぴか光る巨大なヘッドライト、ロールス特有の大きなボンネットのついたむかしながらのロールスだった。その後、設計士たちの頭がおかしくなったのだろう。こういう特徴はすっかりかげをひそめ、ラジエーターと車の鼻先の車名をあらわす紋章がなかったら、ロールスだかロータスだか見わけもつかないことになってしまった。ベイズウォーターさんのは、それ以前の正統型のロールスというわけだ。

彼は、このロールスを熱烈にかわいがったおかげで、ずっとまえのご主人にただ同様の値段でゆずってもらったのだ。

さて、そのロールスが、車体のどこにもちり一つつけず、ガレージにぶじおさまっていた。エンジンは二十八年前工場から請け出されたときと同じく、まったく完璧（かんぺき）に調整されている。ベイズウォーターさんは、心から満足してその二通の手紙に目をとおすことができた。

外国電報は、つぎのように知らせていた。

七日月曜日ニ夫婦デ渡英　サボイ・ホテルニトマル　ホテルニ連絡マツ　ガンバレ

ジョエル・シュライバー

シャサニュ侯爵からの、紋章入りの手紙には、こう書いてあった。


お便りうれしく拝見。貴殿のハリス夫人を気づかう心にうたれました。あのすばらしい人の幸福を願うのは、わたしとても同様であります。

たまたま、今週七日、ロンドンにおける四大国大使会議に出席の予定があります

ので、都合のよいときに大使館か、チェスタースクウェアの私宅までおいでくださ
い。

敬具、シャサニュ

二伸
シュライバー夫妻に連絡しましたか。

第七章　侯爵邸での会議

ベイズウォーターさんは、話のしめくくりとして、こういった。

「エイダ・ハリスさんがばかだってことではございません。それは侯爵さまもシュライバーさまご夫妻も、ごぞんじのとおりです」

と、彼はひとりひとりに目をそそぎながら、つづけた。

「また、エイダは思いあがったわけでも、うぬぼれているわけでもありません。ただ、なみはずれて人情にあついので、国会議員になれば、人のためになることがいくらでもできるなどといわれて、だまされただけなのです。

女性というものは、チャンスさえあれば自分の意見をおしゃべりしたがる――いや、シュライバーのおくさま、失礼なことをもうしましてどうも。エイダは、政治についてはなんの経験もありませんし、連中のことばをあっさり信じこんでしまったわけでございまして、いまはもう当選してしまった気になっております。

ごぞんじのように、あの人には子どもみたいに無邪気なところがございます。それだけに、連中が手のかぎりをつくして、エイダを落選させるようにはかってごらんなさい。エイダはショックから二度と立ちあがれないでしょう。ですから、それをさけるためには、なんとしても当選させなければならないのでございます」

ジョン・ベイズウォーターさんが、くもが足をつっぱったような形の安定の悪いルイ十五世ふうのいすに、どうにかバランスをたもってこしをおろし、感動をもよおす呼びかけをおこなっている場所は、シャサニュ侯爵の、しょうしゃなロンドン邸の客間だった。そこには侯爵、それに、アメリカ映画産業界の大物であり、テレビで大もうけをしているシュライバー夫妻がいた。

まず、シュライバー氏が、口をひらいた。

「ベイズウォーターくん、きみの判断はただしいよ。よくわたしたちに相談をもちかけてくれたね。あのりっぱな女性、ハリスおばさんのためなら、一肌も二肌もぬがしてもらうよ。あの人は、わたしと家内とヘンリーのために、どれだけ骨を折ってくれたことか。そういえば、ヘンリーがきみによろしくと、いってましたよ」

シャサニュ侯爵はソファから立ちあがり、部屋の中を歩きまわりはじめた。年をとっているにもかかわらず、背はしゃんとのびて、どうどうとしていた。しかし、その顔は心配にくもっていた。

「ぺてん師どもに、逆ねじをくわせることができれば、けっこうだが、さて、それはむずかしいのではないかな。その地区の政治運動について、わたしは見当がつかんが、いま、きみの話した人たちは、見こみのないたくらみをくわだてはするまいからね。いまのところ、わたしにはつかめないが……」

シュライバーさんは、がっちりして、ぬけめのない、頭のはげかかった小男だった。

彼は、太った体をつつんでいる、はちきれそうな上着の内ポケットから、細長い、黒いものをとり出した。ひとめで、小切手帳と見てとれた。

「まず第一に、選挙の資金を用意することですな。あの人のことだから一文だってもっちゃいないでしょう。資金ならわたしがいくらでも出しますよ」

ベイズウォーターさんは目をかがやかせた。そのほうの援助も、あてにしていたのだ。

「ありがとうございます。きっと、お願いできるとはぞんじておりましたが、百ポンド〔約十万八千円〕ほどお助けいただいたら、こんなありがたい……」

シュライバー氏は、あっけにとられたような顔をした。

「百、百なんだって。百ポンドといったのかね」

聞きかえされて、ベイズウォーターさんはあわてた。

「そ、そうでございます。ちょっと、ずうずうしい申し出でございますが。けれど、ご都合が悪かったら五十ポンドでもなんとかなるとぞんじます。わたくしにも多少のたくわえがございますので」

シュライバー氏が、ふたたびくりかえした。

「百ポンドとは、つまり、二百八十ドルじゃないか。それだけじゃ、地方の小さな町の選挙にさえ、勝てはしないよ。十万ポンドのまちがいじゃないのかね。えんりょなくいいたまえ。わたしも家内も、よろこんでハリスさんを応援するつもりなんだから」

ベイズウォーターさんはおどろいて、飛びあがりかけた。

「十万ポンド！　とんでもない。とても許可にはなりませんです」

「許可にならない？」

「はい。しらべましたところ、候補者は選挙の費用として、百ポンド以上を受けとってはならない、とさだめられておりますのです。選挙費用の総額も、四百五十ポンドに制限されております」

シュライバー氏は、とても信じられなくて目をぱちくりさせた。

「それじゃ、アメリカのドルに換算すると、運動費として千ドルちょっとかい。だれでもかね、首相でも」

「さようにぞんじます。首相もほかの議員と同じように、自分の選挙区から当選しなければならないわけですから」

シュライバー氏は小切手帳をポケットにしまうと、はげあがったひたいの汗をぬぐった。

「いや、おそれいったね。この国では、どんな選挙運動をするんだろう。選挙には金がつきものだよ。事務所、運動員、かわいい女の子たち、花、バッジ、ワッペン、印刷機、選挙用文書、印刷代や切手代、交通費、接待費、楽団、パーティに焼きはまぐり、バーベキューのつどいの費用、焼きとうもろこし、酒にたばこ、みやげもの、バトンガール、ホールの借り賃、ラジオやテレビ、新聞、雑誌の広告、宣伝カー、花火、電話、チップ、風船、スライド、演説用の原稿を書かせる文章屋への支払いなどのほかに、ちかごろは票も金で買わねばならん。どれをとっても金のかかることばかりだよ、きみ。バタシー区のきみたちのおそまつな選挙事務所じゃ、露店のたたき売りふうな演説会しかできまいな」

シュライバー氏の心づかいをありがたく思いながらも、ベイズウォーターさんはたいへんショックを受けた。

「いや、こちらではいっさい、そういうことはいたさないんでございます。選挙区内で一回か二回の政権発表演説をして、家を訪問して意見を述べて、公会堂での集会とホイストドライブ〔イギリスでは、車に乗ってしずかに選挙区をねりあるくこと〕といったところがせいぜいです」

「ホイストドライブ！　きみたちは、すわりこんでトランプのホイストゲームをやるのかね！」

シュライバー氏が、あきれて叫んだ。

「め、めっそうもない。そんなことはいたしません」

シュライバー氏は首をかしげて、侯爵にむかい、

「あきれたもんですな」

といってから、またベイズウォーター氏に問いただした。

「アルバートホールとかアールズコートの会場などを借りて、演説会などやらないのかね」

「はい、いたしません」

「あるいは、動物もいっしょのパレードとか、山車なんぞを引っぱってねりあるくことなどは、しないのかね。アメリカでは民主党はろば、共和党はぞうがシンボルだから、パレードにろばやぞうをくりだすんだよ」

「そんなことをいたしますと、たいへん品が悪いということになります」

「飛行機で空に候補者の名を白くえがかせるというのは？」

「警察がゆるしそうにはございません」

「おやおや、イギリスでは、あかんぼうにキスもしないんだろうね」

ようやく、ちがう返事ができるので、ベイズウォーターさんはほっとした。

「いいえ、あかんぼうにはだれもがキスいたします。よくない習慣だと思いますが」

それから、シュライバー氏がさっきならべたてた、アメリカの選挙の宣伝の一つを、思い出した。

「候補者がテレビに出ることはありますが、そいつがなかなかむずかしいのでして」

「どうしてかね」

「わたしは、ハリスさんがテレビに出たら、きっとうける、と確信しておりますが、あの連中がハリスさんをテレビに出さないんです」

つづいて、彼は、それぞれの党に、無料でテレビに出られる時間のわりあてがあるが、だれを出すかは、党の中央選挙委員会が決めることを、説明した。

シュライバー氏はうなずいた。

「オーケー。それはBBCのことだろう。民放テレビはどうなっているのかね。仮にまる一時間買いきった場合は?」

「ああ、とても許可はもらえませんし、それに運動費の点からも、むりと思いますが」

だが、テレビのことは自分の専門なので、シュライバー氏はねばった。

「しかし、なにかのショー番組に、ゲストとしてまねかれたらどうなんだ」

やっと、意味がのみこめて、ベイズウォーターさんは元気づいた。

「それなら問題はないと思いますね。政見演説さえぶたなければ」

「政見演説なんかする必要はないとも。こちらが質問を用意しておいて、ハリスさんがそれに答えるようにしておけばいいんだ」

シュライバー氏は、おくさんのほうをふりむいた。

「かあさん、イギリスの民放テレビで、うちの持ちぶんの番組はいくつあったかな」

シュライバー夫人は、指をおってかぞえた。

「ええと、『あなたのご意見は?』と……」

すばやく、ベイズウォーターさんが口をはさんだ。

「あっ、それ、ハリスさんが好きなんです。いつも見ています」

「……『もう一度あてまショー』、それから『ハバード夫人のくらしのヒント』」

シュライバー氏が身を乗り出してさえぎった。

「それだ。それがいい。何百万という婦人が見ているからね。みんなハリスさん支持にまわりますよ」

「……それから『紅白対抗クイズ番組』と、あといくつか……ちょっと思い出せないわ」

シュライバー氏が手をうった。

「オーケー、ベイズウォーターくん、ハリスさんをテレビに出そう。

侯爵、つぎになにをしましょうかね。こういう政治のことでは、わたしどもよりずっとおくわしいから、なにかよいお考えはありませんか」

ベイズウォーターさんがいった。

「こんなことを考えておりましたんですが……。閣下に、ハリスさんを支持するというおことばを、新聞に流していただいたらいかがでしょうか。そうすれば、ハリスさんが掃除婦だからということで、そっぽをむいてしまう人々にも、大きな効果があるとぞんじますが」

シュライバー氏は、よろこんだ。

「そいつは、すばらしい思いつきだよ、ベイズウォーターくん。いかがでしょうか、侯爵。うちのロンドン支社で、記者会見の準備をいたしますが」

「みなさん、ざんねんながらそれは不可能です」

侯爵の返事に、三人は口もきけず、まじまじと侯爵の顔を見つめた。

侯爵は、やさしい口調ではあったが、きっぱりいった。

「わたしの立場は外交官で、駐米フランス大使です。もしわたしがそのような声明を発表すれば、アメリカ国務省やホワイトハウス、イギリス政府やフランス外務省からも、友好国の国内の政治に、不当な差し出口をしたと、非難されてしまいます」

みんなはびっくりして目をまるくした。ベイズウォーターさんはひどくおどろいたきのくせで、つい、「なんちゅうこっちゃ！」とつぶやいてしまった。

侯爵はつづけた。

「目下、NATO〔北大西洋条約機構〕およびEC〔ヨーロッパ共同体〕のために、英、米、仏の三ヵ国が微妙な関係にあることも見すごすわけにはいきません。政府すじのもの、あるいは外交官が、そういうことに顔を出すのは、ひどくいやがられます。ハリスさんになんの利益もないばかりか、とりかえしのつかぬ害をもたらします」

ロンドンの霧のような、暗い気分が部屋に立ちこめた。それを侯爵は追いはらおうとした。

「が、みなさん、がっかりしないでください。みなさんにおとらず、このわたしも、あのすばらしい婦人のお役に立ちたいと心から願っているのですよ。あの婦人は、なんとかしてわれわれの生活に陽の光をあてようと、せっせとはたらいてくれておりますからね。すこし、考えさせてくれませんか」

頭をほぐすために、侯爵は、まず軽口の葉巻に火をつけた。シュライバー氏にも、ベイズウォーターさんにも一服すすめ、それからおもむろに、ライオンのたてがみのようにゆたかな、銀髪の頭をしゃんと起こして、部屋の中をいったりきたりしはじめた。難問にぶちあたったときには、いつもこうして、もつれをほどきにかかるのだった。あとの三人は、救世主のことばを待つ使徒のように、期待にみちて侯爵を見つめていた。

ついに侯爵は、部屋の真ん中で立ちどまった。口ひげのおくにかすかなほほえみをたたえ、ふさふさしたまゆ毛の下の青い目には、煮ても焼いても食えない、凄腕の知将のかがやきと、いたずらっ子のような若者のきらめきがあった。そして、その口から出たのは、思いもかけないことばだった。

「先ほどもうしあげたとおり、ハリスさんを支持する声明が、かえってハリスさんに非常に不利になるのですから、逆に、ハリスさんを攻撃する声明にすればよろしい」

「ハリスさんを攻撃する？」

思わず三人は叫んだ。シュライバー夫人がいった。

「まあ、侯爵、まさかそんなことを」

ベイズウォーターさんも、信じられなかった。

「閣下、本気でおっしゃってるんじゃないでしょう」

シュライバー氏は、もっとえんりょのないいいかたをした。

「からかっちゃいやですよ、侯爵」

「いいや、わたしは大まじめだよ」

シュライバー氏が、といただした。

「攻撃するって、どういうことです？　わたしには、解せませんね。あの人をもりたててやらなくてはならないんですよ」

　侯爵はにこりともせず答えた。

「みなさん、わたしを信じてくださらなくてはなりません。わたしにはハリスさんの当選しか頭にない。それだけですとも。そこで、だ。わたしの仕事を例にとると、自分の右の手がなにをしようとしているかを、左の手に知らせない。そのようにしたほうが、もっともよい効果をあげることがおおいようです。今回も、それにあてはまる。みなさんはなにもごぞんじないほうがよろしいだろう。

　しかし、これだけはお約束しておきますが、わたしの考えどおりにことが運べば、ハリスさんにふんだんに票があつまることになりましょう」

　シュライバー氏には、約束をまもる人物を見わける目があった。

「そのおことばだけでけっこうです。閣下」

　ベイズウォーターさんも、いった。

「閣下、どうもありがとうございます」

　侯爵はうなずいた。

「これで意見が一致しましたな。ところで、ベイズウォーターくん、イギリスの議会をよくするため、きみはハリスさんにどのような援助をするつもりですか」

　シュライバー氏が、口をはさんだ。

「こんどの件をわれわれに知らせただけで、じゅうぶんイギリスのためにつくしたのじゃありませんかね」

「たしかに、そのとおりですな」

と、侯爵はいった。

ベイズウォーターさんは、いすから立って、運転手の制帽に手をのばした。自分の「役目」はおわったと思ったからだ。彼はシュライバー氏と侯爵の顔を、かわるがわる見ながらいった。

「じつは、わたしもちょっとした自己流の選挙運動を考えておりましたようなしだいで。まあ、わたしらのなかまといっしょに、ハリスさんのために鉦たたきのようなことでもしようと思っているのでございます」

しかし、ベイズウォーターさんは自分のすばらしい計画のことを、話す勇気はなかった。先ほどからの会見のあいだに、ふと思いついて、頭の中いっぱいに花ひらいていた計画があったのだが、口にすると笑われるにちがいないと思ったからだ。

三人が去ったあと、侯爵は電話をパリにかけて、フランス語でいった。

「エトワール新聞社かな。わたしの娘婿のラトクくんをたのみます。わたしはシャサニュ侯爵。ロンドンからです」

侯爵はたっぷり十分間、電話で話をした。ラトク氏は、パリの大新聞社――発行部数といい、その影響力といい指折りの――エトワールの編集長だった。

受話器をおくと、侯爵はにっこりした。まるで、いたずらっ子が警官のすわっているいすの下に大きな花火をしかけ、導火線に火をつけ、胸をわくわくさせながらボンッと破裂するのを待っているのに似ていた。

第八章　ロールスロイスの大行進

東バタシー区の下院議員候補エイダ・ハリスおばさんの選挙運動は、チャールズ・スマイスのたくらみどおりにはじめられた。つまり、しめった花火みたいに、火つきが悪かった。陰気な、むさくるしい会場での演説会には、ほんの十人くらいしかあつまらなかった。だれのしわざなのか、いまいましくも、ちらしの日づけと場所がまちがっていたのだ。

街頭演説にも、ろくに人があつまらない。時間と場所の選びかたが、ちぐはぐだった。ハリスおばさんを熱心に応援するつもりの党員たちは、はぐらかされたり、むやみやたらに指令が飛んで、まごついたりした。宣伝のパンフレットは印刷屋の都合でできるのがおくれるし、なにもかもくるっていた。

ウィルモット卿か、オールダーショット氏でもいあわせたら、すぐに、ははあと気づくだろうが、運悪くオールダーショット氏は再選の準備のために、自分の選挙区で地盤がためにおおわらわだったし、ウィルモット卿のほうは、手足は痛むわ、のどははれるわして、いなかの本邸でうなっていた。負けたふりをしていた病原菌が、大勢のなかまを引きつれて、あらためて攻勢にでてきたのだ。

おかげでベイズウォーターさんは、ここしばらく、ひまができた。本邸では、コリソン夫人がよろこんで自分の車を運転してくれている。

病床にあっても、ウィルモット卿は状況には通じていた。部下のスマイスから、ひどくごまかしてはあったが報告が届くからだった。熱にあえぐウィルモット卿の、大きななぐさめとなったのは、フェアフォードクロス区でコーツ氏が約束をまもって、前治安判事のバンダーソンを候補に立てたことだった。バンダーソンは、くだらない、時代おくれの法令をつくるのにやっきになったりしたので、だれにも評判が悪かった。労働党の候補者は、じゃまにはならなかった。ビル・バッジャーじいさんと呼ばれている、七十歳すぎの目がひどく悪い薬屋だった。ウィルモット卿が発熱のあいまに情勢を判断したところ、計画はうまく行きそうだった。

スマイスの指図で動いている、東バタシー区の党員たちは、こんどの選挙も前回におとらず、だらしのない、無気力なやりかたをつづけていた。

ハリスおばさんにとっては、なにもかもはじめてなので、選挙運動がいいかげんなことになっているとは夢にも思わず、霧雨の中を街頭に立ち、大人四人と男の子一人を相手に、幸福な生活の一席を話すはめになっても、満足していた。

ところが、このみじめなでだしから三日めに、バタシー橋からほど遠くないキングス通りとチェルシー河岸のあいだの横町で、びっくりするようなことが起きた。二十台ちかくのロールスロイスが、しみ一つない車体に街燈を反射させながら、せいぞろいしたのである。色とりどりのサルーン型、大型のリムジン、運転席とのあいだにガラス戸のあるタウンカー、車体を特注したもの、ラドフォード変形型まで、さまざまなデザインである。さながらモンテカルロの高級車ショーにあつまった、ロールス一族とでもいうふうに見えた。

運転手たちのいでたちも、車におとらずぴかぴかだった。たいていは、車の色とそろいの制服に身をかため、ブーツ、レギンス、帽子の記章にいたるまで、これ以上、光らせようもないほどにみがきたててあった。

全員が、車の鼻先にずらりとならんだ。そのまとめ役が、ほかならぬベイズウォーターさんだった。彼はウィルモット卿の「ゴールデン・クラウド」で乗りつけてきて、出席をとりはじめた。

「トリンパー」

「いるよ」

「ビーズワース」

「はいよ」

「バッドゴール」

「おーす」

「ティムソン」

「このとおり」

「スカダー」

「おれだよ」

「クランプ」

「あいよ」

「アドコック」

「きてるよ」

「ペケット」

「準備オーケー」

という具合に、手にした紙に書いてある名を読みあげていった。欠席したものは一人もいなかった。みな、ベイズウォーターさんの長年の友だちで、ロンドンの運転手組合の誇り高いメンバーだった。


そろいもそろって、ロールス専門。ほかの車の運転手など——たとえベントレーではりあってこようと——鼻も引っかけない連中である。好きもの同士でかたまりあい、なかまうちだけに通じることばをしゃべくって悦に入っていた。

おそらくイギリスじゅうをさがしても、これほど気位の高い、これほど結束のかたい気どり屋グループは、またとあるまい。通りでロールスとならんでおずおずと車をすすめるほかの車の運転手こそ、いい面の皮だった。ロールスの運転席から、北国の氷も顔負けの冷たい視線をあびせられるのである。

ベイズウォーターさんは、これからの仕事の手順を、一同に念押しした。

「では、いいかね、テムズ川をわたったら、順にちらばっていって、一軒でもおおくの家をたずねるんだよ。燈がついていてテレビを見ているような家を、せめて十一時ごろまで、まわってください。では、あすの晩も、都合のつく人は、同じ時刻にここにあつまってください。では、諸君、幸運を祈ります」

制服姿の運転手十八名は、いっせいに自分の車にかけもどった。部署につくパイロットさながらの、いきごんだ足どりだった。十八のスターターがおされ、十八のエンジンがシューシューとかすかなうなりをあげはじめた。

行列はすべるように動きだし、チェルシー河岸から橋にむかい、バタシー橋通りにはいっていった。

家に帰るとちゅうの一人の勤め人が、この車の行進を、あっけにとられて見おくった。戦時ちゅうのある夜、イギリスの戦車隊がきしりながら、村を行進して行くのを見たことがあるが、そのときのことを思い出した。いま、目の前を走っていったのは戦車ではなかったが、それにおとらぬ威力を発散していた。

むろん、その勤め人の知るよしもなかったが、それは最高級の気品を持ち、国民の誇る世界一の車であるロールスの威力をかくれみのにして、ベイズウォーター部隊が、いざ敵陣へ乗りこんで行くところだった。

川をわたると、ロールス部隊はわかれて行った。戦争ちゅう、空軍中将の運転手をつとめたベイズウォーターさんが指揮したとおり、はしの車から順に編隊をはなれていき、バタシーの街々へ消えて行った。

さて、こちらはバタシーの町の人々である。たとえば、配管工のビル・オズボーン親方の家では、おかみさんのデージーと、デージーのおふくろのエルジーと親方の三人で、一九四九年製作の映画をテレビで夢中になって見ていると、玄関のベルがなった。

ビル親方は、おかみさんにいった。

「かあちゃん、ちょいでてくんな。男がうまく逃げたかどうかは、あとで話してやっからよ」

ちょうど、映画の主人公が、悪漢どもから必死で逃げて行く、手に汗にぎる場面だった。

おかみさんはしぶしぶ玄関へ行って、ドアをあけた。とたんにおかみさんの目に、目のくらむようなものが二つ飛びこんだ。

一つは機械じたてで、一つは人間じたてのダブルパンチだった。ドアの真ん前にとまっているのは、長いボディーの、つやつやした、すばらしい車だった。でんとおさまりかえって、半ブロックはふさいでいそうだ。そのうえ、自分の前に立っているのは、いまテレビで見ていた主人公よりもハンサムで、スマートな制服姿の、背の高い男だった。

ととのった男らしい顔、上品なひたい、形のいい鼻、いきいきとした灰色の目。白髪まじりの髪はゆるやかなウェーブをえがいて、うしろへなでつけられている。片手に手ぶくろをはめ、もういっぽうの手は、手ぶくろをとって制帽をにぎっている。その声は、ウェストミンスター寺院のオルガンのように、低い、なめらかな調子だった。

「こんばんは。こんな時刻におじゃましましてもうしわけございません。テレビの音が聞こえていましたが、お楽しみのところだったのですね。しかし、おたずねいたしましたのは、重要な用むきなのでございます。わたしはトム・ペケットともうします——つまり、ペケットと呼ばれておりますが、ウールマンストン伯爵の運転手をいたしております」

親方のおかみさんは、その声にうっとりし、名前に感心し、伯爵の運転手ということで、さらに感心して、金切り声をあげてご亭主を呼んだ。

「ビル！　ビル！　ちょいときておくれよ！」

オズボーン親方が、すっとんで出てきた。ペケットはもう一度自己紹介をくりかえした。

「こんな時刻におじゃまいたしまして、おくさんにおわびをしていたところです。わたしども運転手組合では、中央党候補者のエィダ・ハリス夫人を応援しております。『あんたもわたしも楽しく生きなきゃ』というのがハリス夫人のスローガンでありまして、われわれのために、このようなことばをかかげてくれたものは、これまでに一人もおりません。ほんのすこし、お時間をさいていただくことができますなら……」

ベイズウォーターさんの予想どおり、オズボーン家では、でんと駐車しているロールスロイス、ならびに、上品でしかも質素な制服と付き合うのははじめてで、ものめずらしくもあり、また、はたらくものとしての親しみの力も大きかった。

「まあ、中に入ったらどうですかい」

親方はこうすすめてから、おかみさんをせっついた。

「ペケットさんの帽子をおあずかりせんかい」

それから、居間のほうへもどなった。

「おばあちゃん、そんなくだらんテレビなんか、消しちまいな。お客さんだからね」

おかみさんは、そわそわして、あとからついてきた。

「お茶はいかがです。いま、わかしますですよ」

ペケットは、明るくさわやかな声で答えた。

「いいえ、せっかくですが、ゆっくりさせていただくわけにもいきませんので(ベイズウォーターさんは、一軒あたりおよそ十五分と指示していた)おかまいくださいませんように。ちょっとお話しさせていただければ、けっこうです」

それからペケットは、ひとことも聞きもらすまいと耳をすましている三人に、エイダ・ハリスの美しい信念を述べた。まず、生活が楽しくなくてはならない。あなたがたご夫婦や、二階でぐっすり眠っている三人の子どもさんたちや、おばあちゃんのために、いい世の中にするには、たいせつな一票をどう使わなければならないかを話した。

予定の十五分間で話をすませると、ペケットはロールスロイスの運転席にもどった。オズボーン家の三人は戸口まで送りに出て、ぽかんと見とれていた。ロールスロイスはエイダ・ハリスへの三票を乗せて走りさった。

ほかのなかまたち――トリンパー、ビーズワース、バッドゴール、ティムソン、スカダー、アドコック、ウィリス、リッチング、ピルク、グローバーといった連中も、ほうぼうの通りで、りっぱに責任をはたしていった。

あくる日、選挙運動の責任者であるスマイスが、ハリスおばさんに食ってかかった。

「あんたにゃベイズウォーターとかいうボーイフレンドがおありかい」

ハリスおばさんは、スマイスのたくらみに気づいてはいないものの、（この男、あんまりいい人間じゃないよ）とは感じていたので、こういいかえした。

「ベイズウォーターさんのことをいってなさるんですか。ボーイフレンドなんかじゃありませんよ。あのかたは、たいへんりっぱな紳士ですからね」

「そうにはちがいなかろうけどさ。ゆうべ、大勢のなかまとロールスロイスの部隊をくんで、バタシーじゅうを乗りまわし、あっちの家、こっちの家の呼び鈴をならして、票をたのんでまわったことを、あんたは知っていると思うがね」

ハリスおばさんは、信じられないといった表情で、スマイスを見つめた。

「ベイズウォーターさんが、そんなことを、わたしのために？　ジョン・ベイズウォーターさんが？」

ふいに、ハリスおばさんは笑い出した。笑って笑って、笑いがとまらなくなった。さいしょはいらいらしていたスマイスも、しだいに心配になってきた。そして、こりゃヒステリーの発作だ、と決めつけた。おばさんが笑いながら、目に涙をたたえていたからだ。

「ようし、きいきい笑いは、それくらいにして、あの男に、あんなことはやめろといってください。この選挙運動の責任者はおれだからね」

ハリスおばさんの笑い声が、ごくふつうの笑いになった。

「そりゃ、あなた、ご自分でいいなすったらいいでしょう。責任者はあなたなんだから」

そのあと、集会の回数がぐっとへり、人のあつまりもいよいよ悪くなった。そのことは、ハリスおばさんでさえ気づいた。だが、それもおばさんがテレビに出るまえまでのことだった。

第九章「聖なる裁きの騎士」

イートンスクウェアに住む貴婦人たちの通い家政婦をつとめるハリスおばさんが、民放のテレビ番組「ハバード夫人のくらしのヒント」に登場すると、大へんなさわぎとなった。もっとも、イギリスの選挙のようすを知らないシュライバー氏のねらいとは、ずいぶんはずれてはいたが……。

テレビを通じて、おばさんの考えかたはうまく伝えられたのだが、そのあとのごたごたがあやうく番組そのものをおじゃんにし、ハリスおばさんを東バタシーの選挙区からふき飛ばしてしまいそうになったのだった。

「ハバード夫人のくらしのヒント」は、やさしくて話のじょうずな、ハティ・ハバードという中年の夫人が司会をつとめる番組で、毎日、午後二時になると、数百万の婦人が、「あら、もうはじまるわ、しかたがないわね」と家事をさぼって、フライパンのこげつきのかんたんなとりかたとか、トイレの掃除の方法などの知識をし入れていた。

ときおり、ハティさんは、床みがきの名人とか、円満な家庭で有名な映画スターなどをゲストに呼んでいた。ときには、どこででも見かけるような、家庭の主婦のこともある。ハバード夫人は、きさくなおふくろさんといった感じと、ゲストもつりこまれておしゃべりをする、たくみな話しぶりで、非常に人気があった。

この番組の担当者が、ハリスおばさんの家へ出演をたのみにきた。なにも知らないおばさんはよろこんで引きうけると、二日のち、仕事着と頭にまくほこりよけのスカーフのいでたちに、ほうき、モップ、ぞうきん、はたきで武装して、テレビに出た。

おばさんはハバードさんとスタジオにつくった寝室、応接間、台所を、おしゃべりしながら三十分ほど歩きまわって、能率のいい掃除のしかた、ベッドのととのえかた、皿の油のおとしかたなど、ベテランの方法をご披露した。こういう秘訣は、しろうとのおくさんがたが、ぜひ知りたいところだったのである。

ところが、番組がすすむにつれて、おしゃべりの中身はいつのまにか、くらしとか、自由とか、幸福とかという方向へ、さりげなくかわっていった。

視聴者のほとんどは、新聞の写真でハリスおばさんを知っていた。いまや、選挙戦をたたかっている通い家政婦のハリスおばさんが、その人たちの家庭の居間に進出して、「あんたもわたしも楽しく生きなきゃ」の心ときめかせるお説を、とうとうと述べはじめたのだった。

そのうえ、うそのつけないテレビカメラは、ハリスおばさんのありのままの姿を、はっきり映し出した。苦労をしてきた、勤勉で、真っ正直なこの婦人は、人間のよいところをくもらせる生活のあかを、これっぽちも身につけていなかった。欠点や弱点はあっても、レンズがするどいさぐりを入れても、うしろめたさとか、とりつくろったずるさはなく、画面から伝わってくるのは、損も得もない、ひたすらなまごころだけだった。

ところが、番組がおわらないうちから、局に電話がじゃんじゃんかかってきて、交換台はお手あげの状態になってしまった。ほとんどは視聴者からの、すばらしいというほめことばだったが、さまざまの政党の本部から、
「ひきょうだ！　公明正大じゃないぞ！」という、はげしい抗議もまいこんだ。議員候補はかってにテレビに出て政見演説はしない、という政党のあいだでの取り決めが、ゆがめられ、やぶられたからだ。「だれがこんなことをゆるしたのだ」「どうして、まんまとテレビに出られたのか」「だれが責任をとるのか」などという電話がつづいた。

　このさわぎは、新聞にもとりあげられた。怒った投書にたいして、ハリスおばさんを支持する投書が載った。ハリスおばさん派と反ハリスおばさん派にわかれて、まるで火に油をぶちこんだようなさわぎになった。

　けれど、「あんたもわたしも楽しく生きなきゃ」のスローガンをかかげて立候補した、通いの家政婦ハリスおばさんが、テレビをつうじて数百万のおくさんがたを、すっかりおばさんびいきにしてしまったことは、たしかだった。

　まだ、いなかの本邸のベッドにいるウィルモット・コリソン卿（きょう）に、ヒュー・コーツ氏から電話がかかった。

「や、コリソンくんかね。いったい、きみはなにをたくらんでいるんだ。わたしに往復びんたを食らわせるつもりか。どういうわけで、あの家政婦をテレビに出したんだ。このままではすみませんぞ」

具合の悪いことに、ウィルモット卿は熱はさがったものの、熱といっしょに声もどこかへ消えてしまったらしく、電話ではろくに聞きとれないしわがれ声で、ぼそぼそいった。ちゃんとした返事がないので、コーツ氏はなおのこと怒ってしまった。しまいに、見かねてコリソン夫人が卿にかわった。

「主人はのどを痛めていて、電話でお話ができませんが、万事うまく行くから心配ない、ともうしております。労働党の票をうばえればよろしいんでございましょう」

「そうにはちがいないですがね、おくさん」

コーツ氏は、夫人にかみついた。

「うちの票までうばってくれ、とたのんだおぼえはありませんからな。わたしの家内まで が、あのおばさんのような人に投票したいなどといい出しましたぞ」

コーツ氏は電話を切ってしまった。

ウィルモット卿はスマイスに、ハリスおばさんをテレビには出さないようにと命じておいたが、労働党の票をうばうには、いくらか景気づけをしておいたほうがよいと、スマイスが状況を判断して手をうったのだろうと思っていた。そして、スマイスもなかなか計算をやっとるわいと、満足していた。

このテレビ出演の件が、手におえないさわぎにまでひろがりかけたつぎの火曜日——投票まであと一週間だったが——この件について賛成とか反対などということは、イギリスじゅうの男女、与党、野党、お年寄り、若い人の頭から消しとんでしまい、大戦の時の宣戦布告以来ひさかたぶりに、国をあげて団結しなくてはというできごとが持ちあがったのである。

＊　＊　＊

フランスの全国紙エトワールの売れ行きはすばらしい。フランス国民の三人に一人が、朝食のテーブルにエトワール紙がなくてはおさまらない。そのわけは、「聖なる裁きの騎士」と名のる人物が、いいたいほうだいのことをずばずばと書く、かこみ記事に人気があるからだった。

この欄で、社会、政治、経済、哲学、不品行など、聖なる裁きの騎士氏の頭にすこしでも引っかかったことはなんでも、やり玉にあがった。相手が自分の国の首相だろうと大臣だろうと、外国の政府だろうと王さまだろうと、痛快にこきおろした。少なくとも週に一度は、その記事のせいで外国人ばかりか当のフランス人をもふくめて、だれかをかっかっと怒らせていた。

しかし、こういったすさまじい悪口も、なれてしまうと、しげきになって、体の血のめぐりをよくする薬のようなものだと考えられるようになった。この薬をのまない日は、なにかわすれものをしたような気分につきまとわれる。

「聖なる裁きの騎士」の正体は、秘密にされていた。なぞめいていておもしろいというせいばかりではなく、こきおろされた人物が怒りくるって、いつなんどき襲撃してくるかもしれないし、政府だったら、ペンでおかみをつき刺したふとどきものめと、どんなしかえしをしかけてくるか、わかったものではないからだった。

エトワール新聞社の社員でさえ、筆者がだれなのか知っていないのがほとんどのようだった。いつのまにか原稿がとどいている、という具合だった。

編集長のラトク氏が書いているのではないかと、うたがわれたことも、何度かあった。だが、そのたびにラトク氏は、とんでもないと、大声をはりあげた。書き手がだれであるにしても、その欄は、ふつうの読者だけではなく、外交官も、外国の新聞社の編集委員も、まっ先に読んでいるらしかった。

ところで、問題の火曜日の朝、フランス人は「聖なる裁きの騎士」のかこみ記事を、おもしろがって読んだ。イギリス人のものの考えかたはへんてこであることが、こんどの彼らの総選挙戦ではっきりした、という意味のことがぶちまけてあった。

「聖なる裁きの騎士」は、イギリスを皮肉ることで有名だった。つまり、ライオンのしっぽをねじりあげて楽しむのが、趣味のようだった。しかし、その日は腕にとびきり力をこめて、ライオンのしっぽを引っこぬこうとでもしたようだった。読者はおおいにおもしろがった。

けれど、ロンドンの新聞界では、空輪されてきたエトワール紙を見て、おもしろがるどころではなかった。デーリー・エクスプレス紙の編集長は、ちらっと例の記事に目を走らせたとたんに、さいきんよく見かける名前があるのに気づいた。読んでみて、ぼうぜんとした。自分はフランス語をうそ読みするようになったのかしら、とさえ思った。

げんこで、ドンとデスクをたたいてどなった。

「この、にせ騎士め！」

すぐに、電話を引ったくった。

「ロビンスを呼べ。こいつを大いそぎで訳させるんだ」

二十分ばかりたって、ロビンスは一枚の紙をもってもどってくると、息づかいもあらくいきまいた。

「いったい、これを書いた男は、自分をどこのなにさまだと思ってるんですか」

このかこみ記事は薬であるといわれているが、ロビンスからわたされた、英語に訳した文章を読んだ編集長は、たしかに全身の血のめぐりがよくなって、顔をまっ赤にし、うなり声をあげた。「聖なる裁きの騎士」は、こう書いていた。


海峡のむこうの、われらが愛するいとこの心の発達の具合は、まったくおさない。エイダ・ハリス夫人という、陽気なお人よしであるだけがとりえの、まったく無学な通いの家政婦を、国会議員候補におしたてたのである。

ハリス夫人は、おすまし高級学者先生がたのたむろするチェルシーからつい目と鼻の先の、テムズ川をへだてた東バタシー区から、いわゆる起死回生をねらって、中央党の候補者としてうって出た。

この掃除屋女史が立候補したのは、あの古めかしい伝統を誇る、すぐれた紳士だけのクラブである「下院」で、低いお給金にあえぐなかまたちのきんきん声を代表してわめくためなのか、それともイギリスがかかえている経済や社会のちぐはぐな面に、すこしつやだしぞうきんをかけるつもりなのか、そのへんははっきりしない。国会の水準を、ロンドンの床みがき女のひざのあたりまで引きさげようというのは、ゆかいな冗談にはちがいないが、ＥＣのメンバーであるイギリスが、他の同盟国と肩をならべ、はりあっていくつもりとしてもそうは問屋がおろすまい。というのは、イギリスよりもはるかに古い文化をもつヨーロッパ諸国は、そのような悪ふざけにはがまんがならないからだ。

まるで、小学校の二、三年生の教科書にでも載っているようなスローガンをかかげた、無邪気きわまる通い家政婦のおばさんが、当選することはまずあるまい。イギリス人がいま、政治にたいしてどのくらいの頭をもっているか、海抜０メートルよりまだ下なのか、すこしは上なのかは、このおばさんの得票数によってはっきりするだろう。

これが百年まえなら編集長は、顔をむらさき色にして、羽根ペンをつかんで毒いりインクにひたし、毒をたっぷりもりこんだ文章で応戦しただろう。だが、現代の編集長は、顔色をかえたところは同じでも、その手がつかんだのは録音機のマイクだった。

「社説——第一ページ」

この社説はすさまじく、イギリス全国民の、節度をわきまえる心のヒューズを、ふき飛ばすことになった。

ほかの新聞社でも、似たりよったりの光景が見られた。あくる日の朝には「聖なる裁きの騎士」の忠告と、それにたいする反論が、イギリスじゅうの大新聞から小新聞にまで載った。ばかをいいなさんなと、かるくあしらっているものから、けんかなら相手になるぞという調子の、猛烈なものまであった。

デーリー・エクスプレス紙とデーリー・メール紙は、愛国心にもえて、「聖なる裁きの騎士」をこきおろした。テレグラフ紙は皮肉たっぷりに、タイムズ紙は、歴史上のもの知りであることを発揮して、つぎのような記事を載せた。

（ラッセル卿の回顧録によると）一八三二年に選挙の法律がかわるまえのこと、金持ちでかわりものの貴族が――たまたま独占選挙区をいくつかかかえていたのだが――議員食堂の給仕のロバート・マックレスに、この男はわしよりもできがよろしいと見こんで、下院の議席をゆずった。このとおり、イギリスにはとっくに民主主義の思想が根をおろしていて――と記事は意気高らかにぶちあげていた。

ガーディアン紙は上品な文体で「聖なる裁きの騎士」をけいべつした。労組系の新聞は、ひたいに汗してはたらいている一人の女性を、ひどくぶじょくしている、という社説を載せた。

いまやイギリスの新聞界は、保守も革新も、政治の上でのいいあいを一時たなあげにして、一体となり、共通の敵フランスのきざ野郎の「聖なる裁きの騎士」に立ちむかったのである。

イギリスじゅうの人々が、朝刊をひろげたとき、かんかんに腹を立てた。たとえ、敵将ドゴール将軍が、艦隊をひきいてドーバー、フォークストーン、ニューヘイブンといった海峡ぞいの港町に姿を現わしたとしても、これほどのさわぎにはならなかったろう。怒りは野火のようにひろがっていった。新聞やラジオのいきわたっているところ、スコットランドの北のはし、イングランドの西のとんがりの先にいたるまで伝わった。

BEA〔英欧航空〕では、パリ行きの予約がばたばたととりけされた。ロンドンのフランス料理店は、ソホー街をはじめとして、ぱったりと客足がとだえ、高級デパートのハロッズの香水売り場では、フランスの製品は一瓶も売れなくなった。フランスの思いあがり野郎に腹を立てた全国の読者からの投書が、タイムズ社で山をつくった。怒りのペンが紙の上を走る音が、国じゅうにみちみちたわけである。

ある家では、朝食のテーブルで、おやじさんが、ゆでたまごのからをむきながら、わめいた。

「スープで顔を洗ってでなおしてこいってんだ。かえるだの、かたつむりだのを食って、おつにすましてやがるフランス人の野郎め！　こなまいきなことぬかしやがって！　われわれはなにも外国人なんかに、しのごのいわれるこたないんだからな。なあ、かあさん、東バタシーにだれか知りあいはなかったかい。ハリス夫人を応援して当選させろ、とたのもうじゃないか」

　その朝だけでも、これと同じようなことばが、イギリス全土のたくさんの家庭でかわされたにちがいなかった。

第十章　ハリスおばさん当選す！

その朝をさかいに、選挙屋のスマイスと、スマイスに機嫌を悪くされるのがこわいので、いやいやながら仕事を手伝っていたチャッツワース・テーラー氏は、「聖なる裁きの騎士」のおせっかいにたいする怒りと、新聞の反撃の記事という、逆巻く海にのみこまれてしまった。

二人は大波にもみくちゃにされたあげく、息もたえだえのありさまで岸にたたきつけられた。おそろしいいきおいでおしよせるエイダ・ハリスへの同情と支持の声を、スマイスはもうふせぎとめることはできなかった。そのむかし、デンマーク王カヌートが、海を思いのままにあやつろうとしてはたせなかったと同様に、どうあがいてもたちうちできるものではなかった。

いっぽう、これまではなやかな政治活動をしたことのない、中央党の運動員たちは、はじめてはりきり、大よろこびをしていた。彼らは、いまやイギリス一の人気者――ハリスおばさんにおくられてくる招待状の整理にいそがしかった。まるで、せっせと巣づくりにはげむビーバーのようだった。

当時は、レセプションや夜会が流行していた。ハリスおばさんは、バザーの初日にきてほしいとか、慈善事業のショーで話をしてくれとか、昼食会でのあいさつをしてくれとかたのみこまれた。集会や会議やなにやかやもふくめて、その数はふえるばかりだった。ハリスおばさんには運転手づきの車があてがわれ、分きざみのスケジュールで、一つの会場からべつの会場へと走りまわることになった。みちみち街の人たちからは、ビートルズにおとらない声援を受けながら。

どの新聞も、ハリスおばさんがなにかをしている写真を載せない日はなかった。小がらなおばさんの、灰色のまき毛の下の顔、興奮して、いつもよりずっと赤みをましている、りんごのようなほお、いきいきとした、いたずらっぽい目は、王族がたと同じく、ロンドンっ子たちのおなじみのものになった。

実際、ハリスおばさんの車が、通りで信号待ちをしていると、まるで女王さまでも発見したように、通りがかりの人たちがかけよってきて、

「エイダ、わたしたちがついてますからね！　がんばってくださいよ！　にくったらしいフランス人を、ぎゃふんといわせてやりましょう！」

などと、声をかけるのだった。

バターフィルドおばさんは（わたしのなかよしは名士になっちまってねえ）とおずおずいいかけては、あれ、だれのことだっけ、とわからなくなったりさえした。いまのエイダは「超有名人」といったらいいか、とても手の届かない人だった。名が知れたばかりに、大勢の人にもみくちゃにされ、生きながらむさぼりくわれているのも同然の、生けにえみたいな有名人に、にわかにのしあがってしまったのだ。

シュライバー夫妻、侯爵、ベイズウォーターさんたちは、おどろいたり感心したり、びくびくしながら見まもっていた。ただし、侯爵は、かなり気をもんでいた。（婿どのは、はでにやりすぎたわい）と思わないでもなかった。

シュライバー夫妻のほうは、たった一回しかテレビに出せなかったことを、ものたりなく思っていた。そして、その一回だけでも、おばさんをぺてんにかけようとしている党のたくらみをふき飛ばすほどの効果があったとは、気づいていなかったのである。

ベイズウォーターさんは、――もし、新聞記事騒動の一件が侯爵のはかりごとだったならばの話だが――ハリスおばさんをあれほどこきおろさなくても、と考えていた。がんとしてひとりものばんざいの身をつらぬいてきたベイズウォーターさんなのだが、きゅうにハリスおばさんにたいしてやさしい思いやりをいだくようになっていた。かげながら、おばさんの力になりたかっただけで、すこしも傷つけたくはなかった。新聞にあんなふうに無知無学だなどと書かれたので、わが友はつらい気持ちになっているのではないかと、心配でたまらなかった。

ところが、そんな心配は無用だった。それどころか、ハリスおばさんは逆に、自分がろくに学校へ行ったこともないのに、当代きってのえらい政治家の先生がたといっしょに、スタートラインに立っているのを、ほめてもらったつもりでいた。

このふってわいたとんでもないなりゆきにこまりきったのは、ウィルモット卿だった。しつこい風邪もやっとなおりかけて、医者に、仕事からいっさいはなれてぜったいに安静にしていなければいけないといわれていたのだが、ハリスおばさんの大人気と、ドーバー海峡のむこうからのひきょうな攻撃がまきおこした大さわぎの情報が、遠慮会釈なく病室に侵入してきた。

ウィルモット卿は、医者にないしょでチャールズ・スマイスに電話をかけて、なぜ命令どおりに、労働党の票を横どりする程度に、あのばあさんの運動をおさえなかったのかと、どなりつけた。

スマイスは答えた。

「わたしにゃわかりませんよ。あなたのなさってることと思ってました」

ウィルモット卿はむかっ腹を立てた。

「わしがだと？　わしは病室で、死に神と顔つきあわせてうなっていたんだぞ。きみはちゃんとわしの命令を聞いていたはずだからな」

「ですが、あなたの運転手が大勢のなかまといっしょに、毎晩、玄関のベルをならして戸別訪問をしてまわったのは、あなたのお指図にちがいないと思いましてね」

「わしの運転手が？　きみは正気か？」

「ベイズウォーターという男ですよ。やつは保守党の票をだいなしにしました」

「よし。すぐにやめさせたまえ」

「ご自分でなさったらいかがです？　あの男はあなたの運転手じゃないですか」

逆襲をくらって、うろたえたウィルモット卿は、部下の失礼な態度をとがめることもわすれて、責任の追っかけごっこに夢中になった。

「テレビに出演した、あれはどうなんだ？　テレビには出すなと、いっておいたはずだぞ」

「わたしがしたんじゃありません」

「それも、わしの運転手のしわざか？」

「ちがいます。しらべてみたら、かげにアメリカ人がいて、アメリカからわざわざやってきて、あの番組にハリスさんを出したんです。わたしもあとで知ったわけで、どうにもできませんよ。その男があの番組をもってるんですからね」

「アメリカ人？　だれだ？　なんという名前だ？　なんでそんなふうにおせっかいを焼きにきたんだ？」

「さあ、わかりません。なんでもテレビ界の大物らしいですな。シュライバーという名でしたがね」

「いいか、スマイスくん。だれだろうとかまわん。手を引かせろ」

スマイスは、親分がうろたえているので、いいきみだとうれしくなった。声がついにやにやしてしまうのをどうにもとめられなかった。

「もうしわけございませんが、もうわれわれの手にはおえませんねえ。ハリスさんは引っぱりだこでいそがしすぎて、とてもわたしどもなど会えやしませんのでね」

ウィルモット卿(きょう)が受話器をおいたとき、看護婦が病室に入ってきて、卿を見るなり、しかりつけた。

「いったい、なにをなさってたんですか？　お顔の色ったらありゃしませんよ！　それに、ぐっしょり汗をかいて、ふるえてなさるじゃありませんか！」

実際、そのとおりだった。いましがたの電話の話から、卿は正体不明の敵にかこまれているようなみじめさで、ぞっとする気分になっていたのだ。こともあろうに自分の運転手、名前なんか聞いたこともないアメリカの男、それにぐうぜんにしてはあまりにタイミングのよすぎる、フランス新聞の記事。

卿は右と左のほっぺたに連続パンチをくらったようなものだった。正体不明の敵どもが、しめしあわせて、いっせい攻撃を開始したにちがいない。

気がついたら、もうがけっぷちに追いつめられていたというわけだった。

いまや、ハリスおばさんの顔や姿と同じくらい、すっかり有名になった「あんたもわたしも楽しく生きなきゃ」のスローガンは、だれの口にものぼるようになっていた。

ハリスおばさんの世の中についての考えかたは、東西二つのバタシー区、それに近くの選挙区──クラッパム、トゥーティング、ボルハム、ワンズワース、バーモンジー──ばかりでなく、全国に希望の燈をともしていた。たとえ気やすめでもいいから、世間の毒気にやられているときの頭痛薬を、たくさんの人がほしがっていたのである。

ハリスおばさんがいうようなことは、そうかんたんには実現しないとわかっていても、夢見るだけでも楽しかった。いつのまにかおばさんは夢の国からの国会議員候補者になっていた。

ハリスおばさんの論じかたは、こんな具合だった。

『あか』ってのは、けがらわしくって、汚らしいんですよ。オールダーマストンの原水禁の連中も、不潔であかまみれ、けがらわしいったらありゃしません。ですからね。あの連中は、ありゃ、『あか』なんでござんすよ」

この単純な三段論法が、おばさんの口からしゃあしゃあと飛び出すと、つぎの日にはもう、だれも彼もが口にしていた。

もちろん、こんな無邪気な、こじつけ論をだれも本気にしているわけではないが、聞いていると、なるほどとうなずけないでもなかった。たしかに事実をついているところもあったのだ。週末のオールダーマストンを例にとってみれば、地下のかくれ家からはい出てくるごみどもが、よってたかってイギリスの面汚しを演じてくれていたのだから。

ハリスおばさんは、いまや大いそがしだった。二、三分でもいいから顔を見せてくれという、あっちからこっちからのたのみを引きうけているので、ふつうの婦人ならとっくにのびていたにちがいない。

しかし、朝の七時から仕事をはじめて、洗濯、床みがき、家具のつやだし、ぞうきんがけ、ちりはらい、皿洗い、家具のならびかえ、はては、ベッドの下にもぐりこみ、はしごをのぼって天井のすみのほこりをとる、といった十三時間の労働できたえられた、名誉あるロンドンの通い家政婦さんにとっては、いい気ばらしのようなものだった。

それに、見かけはきゃしゃでも、ハリスおばさんの体は、鋼(はがね)と皮をかさねあわせて、できているらしかった。

投票日がせまるにつれて、各党が工夫をこらした選挙運動もおわりに近づいた。東バタシー区ではハリスおばさんの当選は、もう決まったようなものだった。

イギリスの国民がこの人と見こんだ人に投票するため投票所へむかう三日まえのこと、ワシントンへもどっていたシャサニュ侯爵に、差出人の名前のない外国電報がとどいた。それを読んだ侯爵は、背すじに寒気が走った。

モウ一発ヤリマスカ

モウタクサンダ　戦争ニナル

侯爵も、署名なしの返電をうった。

投票日がきた。その結果、中央党候補のエイダ・ハリスおばさんは、だんぜん他をひきはなして、地方政治の歴史上かつてなかったほどの大勝利を勝ちとった。

選挙の結果、もう一つ意外な番くるわせがあった。フェアフォードクロス区のコッツウォルド地区で、これまで勝ったことのない労働党が、次点に千六百票の大差をつけて、返り咲いた。

わけ知りの先生たちは、この結果をこう説明した。有権者は、信用のおけない保守党の候補にも、また選挙運動ちゅうにいくつもしくじりをした中央党候補にも、あいそをつかして、子どものころからビルおじさんとしてよく知っている、薬屋のバッジャー氏はどうかな、と考えなおした。

お使いにいった子どもたちに、ビルおじさんはせきどめ用のあめ玉をくれたり、病気の相談に乗ってくれたり、ただで石けんや万能薬の見本をくれたり、ただで恋のなやみの忠告をしてくれたり、ちょっとした傷にはばんそうこうをはってくれたり、目に入ったごみをとってくれたりした。

おそまきながら、ビルおじさんをなつかしむ気持ちがわいて、人々はわれらのおじさんに票をいれたのだ——と。

投票日のあくる日のタイムズ紙とデーリー・テレグラフ紙の社交欄に、こんな記事が載った。

「ウィルモット卿夫妻は、卿の愛艇『アイドリス二世号』で南海へ長期遊航の途についた。郵便物は転送不能」

「午後十時十分ロンドン発のニューヨーク行きジェット機、第一〇三便は、リード公夫妻、原子物理学者ウラジミール・ウルク氏、ジャウォルプールの王妃、ノースアメリカン映画・テレビ会社のジョエル・シュライバー夫妻などを乗せて定刻に離陸」

東バタシー区の中央党本部でおこなわれた、エイダ・ハリス夫人のあっぱれな勝ちっぷりを祝ってのパーティは、これまでになくはなやかに、ながながとおこなわれた。ただし、チャールズ・スマイス、チャッツワース・テーラー、ウィルモット卿、フィリップ・オールダーショットの姿はなかった。

文字どおり一人のこらず出席した東バタシー区の住民にまじって、胸をはった十八人のロールスロイスの運転手がいた。出席者のぜんぶが——つねづねこの世をかなしんでながめるくせのあるバターフィルドおばさんまでが——うっとりとしてしあわせを感じていた。

ところが、ふしぎなことに、作戦があたって大成功をおさめたのに、幸福な気持ちにひたりきれない人物が一人いた。ジョン・ベイズウォーター氏である。彼は胸の底にひろがる、得体の知れない不安を感じていた。

第十一章　ハリスおばさんのとまどい

いなずまのような早さで政界におどり出たエイダ・ハリスおばさんだったが、同じくらいあっというまに消えてしまうこととなった。夜空に火のようにかがやく流れ星が、大気圏内にはいったとたん消えてしまうのに似ていた。

それでもハリスおばさんは、当選につづいて新聞記者のインタビューがあったり、カメラマンに追いまわされたり、テレビに引っぱり出されて、しばらくは有名人だった。イギリスは、学校なんかは出ていないが、しっかりものの通い家政婦さんを下院議員に当選させて、ドーバー海峡のむこうの外国人どもに、民主主義とはどういうことなのかを、たっぷりおしえてやった。

ところが、そのあと、ハリスおばさんはさっぱりあらわれなくなった。一件落着、これでさわぎはすみました、というわけだ。

かなりのあいだ、名士として世間の注目をあびつづけて、そのあとずっと、だれも近づかなくなってしまうというのは、こしをおろそうとしたおしりの下のいすを、さっと引かれてしまったようなものだった。しりもちをついた本人は、痛いのはともかく、あわて、決まりの悪い思いをする。

選挙がおわってから国会の開会までの十二日間は、ハリスおばさんが心がまえを立てなおすのに、ありがたい日々だった。

舞台に立たされて、はなやかにライトをあびせられたあと、あっけなく主役の座を引きずりおろされて、ハリスおばさんはまごついた。おばさんはもともと、うぬぼれ屋ではなかったから、自尊心が傷ついてむくれていたわけではなかった。

新聞や週刊誌の、おおげさにさわぎたてる記事の愛読者だったおばさんなので、報道を商売にしている世界が、ひどくうつり気だということは、じゅうぶん承知していた。まごついたのは、これからどうしたらいいのかわからないからだった。

選挙さわぎがもちあがってからというもの、なにもかも、みんな他人がおぜんだてをしてくれた。会場めぐりの約束をとりつけ、予定表にかきこむことから、こまごまとしたことまで、だれかが注意をいきとどかせていてくれて、おばさんは用意された乗り物に乗ってさえいたらよかったのだ。

しかし、それはぜんぶ、有志の人たちが手弁当でやってくれたことだ。これら手弁当さんたちは、自分たちの目的をはたして、祝賀会をいい気分でやってしまったあとは、姿を消してしまって、東バタシーの中央党本部はからっぽになった。ハリスおばさんの足音だけが、人気のない本部のろうかにわびしくひびくばかりだった。

いつもそこで事務をとっているのは、若い娘さんが一人と、スマイスなのだが、スマイスは休暇をとっていた。作戦でけっころがされて、むざんに痛んだ神経の保養をするためだった。

だから、ハリスおばさんは、つぎになにをしたらいいかということを、フィリップ・オールダーショット氏に相談したいと思ったが、ふしぎなことに、その紳士も消えていた。

ハリスおばさんはまだ、陰謀がめぐらされてそれが失敗におわったことなど、気づいていなかった。そしてまだ、あっちこっちで腹の中になべをかけて、しゃくのたねを入れ、ぐつぐつと煮えたぎらせている連中がいることも、知らなかった。

ウィルモット卿が恥も外聞もなく、こそこそと外国へ逃げて行ってしまったので、オールダーショット氏は、怒りくるうヒュー・コーツ氏に、いじめぬかれていた。コーツ氏は、うっぷんをはらすために思いつくかぎりの難題をふっかけてくる。それをオールダーショット氏は一人で切りぬけねばならなかった。そんなわけで、彼にしてみれば、あたらしいなかまの国会議員の顔など見たくもないし、そばにいくのも、そのうわさを聞くのさえいやだった。

こう身もふたもない結果となってしまっては、どんなに太っ腹でむこうみずの人だってお手あげだったろう。ハリスおばさんがほとほとまいってしまったのもむりはなかった。

「わたしゃ、どうしたらいいんでしょうかねえ」

ハリスおばさんは、東バタシー区中央党本部の若い娘さんにたずねた。この二十二歳になる、やすい給料しかもらっていない、速記とタイプが仕事の娘さんは、電話がかか

ってくると、
「東バタシー区中央党本部でございます」
とだけはいえるが、そのあとは、なにを聞かれても「さあ、ぞんじませんが……」と
しかいえなかった。だから、ハリスおばさんにもこういった。
「さあ、わかりませんけど。なにも聞いておりませんもの。たぶん、どこかへ行って、
なにかをなさるんだと思いますけど……」
ただ、いつもはさえない顔に、こういったときだけぽっと生気がよみがえったようだ
った。
「あれだけの大さわぎだったんですもの。どなたもハリスさんのことは、ごぞんじのは
ずですわ」
「でも、わたしゃどこへ行けばいいのかねえ」
「わたしにはわかりません。スマイスさんがいませんし。スマイスさんなら、そういう
ことは、ようく知ってますけど。国会へ行くんじゃないかしら……」
「かしこい娘さんだね。そうそう、国会でしょう。ともかく、行ってみるとしようかね」
ハリスおばさんはほがらかにいって、立ち去った。けれど胸の中にはいやな予感がは
じまっていた。暗闇の中の手さぐりは、おばさんは好きではなかった。シャサニュ侯爵
がロンドンにおいでなら、すぐにも出かけて行くだろうに。侯爵は大専門家でいらっし
ゃるし、親切におしえてくださるはずだった。

おばさんのお得意さんで、政治とか政府だのにくわしいのは、姿をくらましたウィルモット卿だけなので、ほかのお得意さんからの助けはのぞめなかった。

じつのところ、お得意さんも、日がたつにつれて、まえにお得意さんだった人たち、といいかえなければならなくなっていた。みんな、ハリスおばさんのような有名人を雇っていたことを、自慢にこそしていたが、どこでも、同じことをいわれた。

「いまじゃ、おばさんは国会議員ですもの。もうわたしたちのところではたらくなんて、なさいませんでしょう。だれかかわりの人を紹介してくださらないかしら。おばさんがいなくなって、ほんとうにこまったわ」

お得意さんの中でウィンチェスカ伯爵夫人だけは、外国人だけあって、自分がやっかいになっている国の事情には、生まれながらのイギリス人よりあかるかった。

「たしか国会は二十三日に開会だと思ったわ。まだ一週間あるんだから、それまでわたしのところに泊まりこみで、お手伝いをお願いしたら悪いかしら。わたし、ここを引きはらって、二、三ヵ月アメリカへ行ってこようと思っているのよ」

ハリスおばさんは感激して、大よろこびで、その一週間をはたらいてすごした。これまで長いことなじんできたくらしと、あたらしい生活とが、うまく切れ目なしにつづくような気がした。

時間はどんどんすぎていった。

(どんな映画の中だって、こんなに早く日がたったら、見物する人がとまどっちまうよ)

とおばさんが思っているうちに、二十三日がやってきた。その日からのちというものは、おばさんはイギリスの政治のいかめしいむかしながらのしきたりに、がんじがらめになってしまった。つまり、一年生議員をまごまごさせるしちめんどくさい手続きが待ちかまえていたのである。

ハリスおばさんが下院の入り口にやってくると、先輩議員や一年生議員がつぎつぎと議事堂の中へすいこまれて行くところだった。が、ハリスおばさんは青い制服の衛視に呼びとめられた。

「おくさん、どこへいらっしゃるんですか」

「自分のいすのところへ行くんですよ。選挙で選ばれましたんですよ」

このとき、おばさんは、議事堂の入り口をとおりぬけるのは、選挙に当選するのと同じくらい、苦労なものだということを、新しく勉強した。

「当選証明書をおもちになりましたか」

「それは、なんでしょうねえ。わたしゃ当選したんだけどねえ。あなた、新聞を読んでくださいませんでした？」

「当選はなさったんでしょうが、おくさん、それを証明する書類がないことには、おとおしできないんですよ」

「それは、どなたからもらったらいいんでしょうね。だれもおしえちゃくれなかったもんでね」

「王室書記官です。事務所は上院の中ですよ。手続きがちょっとおそかったですね。すみませんが、わきへどいて、ほかのかたをとおしてあげてください」

また長いことかかって、上院とかというところの入り口をさがしあて、いざはいろうとして、ここでもまた同じように制服の衛視とひともめした。

「おくさん、どなたをおさがしですか」

「王室書記官さんとかいう人は、どこにおいでなさいますんですかねえ」

衛視はおばさんのことばづかいで、その育ちをいっぺんに見ぬいてしまった。

「いったい、なんで王室書記官なんぞにご用がおありかね、おばちゃん」

ハリスおばさんは、あやうくかんしゃくを起こしそうになった。

「このわたしが、種痘(しゅとう)証明書をもらいにきたとでも思ってるのかい。あんたもとんまだね。わたしゃバタシーから国会議員に当選したエイダ・アリスだよ。そのことを書いてある書きつけがいるんだってば」

衛視は、ふいに気がついた。

「ありゃまあ、なるほどそうだわい。あんたの写真を新聞でずいぶん見たっけな。この建物の中はまるで迷路だからね。はじめての人にゃとても見つけられやしないから、いっしょに行っておしえてあげますよ」

衛視はほかの人に入り口の見はりをかわってもらった。ハリスおばさんはいくらか自信をとりもどして、ちょこちょこと衛視について行った。

目的の場所へつくと、そのまま衛視は待っていてくれた。書記官は書類のたばを引っくりかえして、バタシー選管からおくってきた文書を見つけると、にこにこして当選証明書をしたためてくれた。

待っていた衛視が、おばさんにいった。

「その書類を下院の入り口のところにいる男にわたしゃいいんですよ。これさえありゃ、ぐずぐずいうやつはおりませんです。さっきはたいへん失礼なことといってすいませんでしたね、おくさん。がんばってくださいよ」

こんどは、ちゃんとした証明書があるので、さっきの衛視はなにもいわなかった。ハリスおばさんはほかの議員たちの流れにまじって、その人たちの行くほうへ、いやおうなしに進んで行き、生まれてはじめて古式ゆかしい儀式の見物人ではなく、参観者から見られるほうにまわった。

ウェストミンスター宮殿のはてしない迷路のようにつづく薄暗いろうか、ろうかにならぶ何百もの部屋、かぞえきれないほどの階段、時代がかったかびくさいにおい、たえまなくざわざわ聞こえている足音、当選してもどってきた古くからのベテラン議員たちが、顔見知り同士あいさつをかわしたり、祝福しあったりしている……こういうものを見るにつけ聞くにつけ、ハリスおばさんの胸にはあたらしい不安が頭をもたげてきた。

下院議員用の広間は、マホガニーの鏡板のはまったりっぱなものだが、おくゆきが二十メートルすこししかなかったので、全議員がいっぺんにはすわれなかった。

この部屋を見ただけでハリスおばさんは体がすくんだ。長い歴史やできごとが、この部屋にどっしりとかげをおとしていた。(ここで、わたしゃなにをしたらいいのだろうか)とおばさんの心はうろうろしていた。想像していたのとは、さっぱりようすがちがった。

開会式は、伝統にしたがって、上院と下院の議員がいっしょになって、玉座につかれた女王のおことばを聞く。ハリスおばさんは心の底から、ふるえあがるような感動と興奮を感じた。

お祈り、おごそかな声のひびきわたる儀式、きらびやかな服装の、式をつかさどるその道の専門家とそのおつき、豪華な長衣をまとった大主教や、主教、判事たち、美しく着かざった貴婦人たちにかがやくダイヤ、礼装をして、きれいな勲章をつけた外交団……。このただ中に、ハリスおばさんはいるのだった。ちょっぴり誇らしさのまじった喜びも感じずにはいられなかった。

(床をみがいたり、灰皿の吸いがらをすてたりしていたわたしが、こんなりっぱなあつまりのなかまになるなんて、どこのどなたさんも考えつきゃしなかったよねえ)

やがて、まぶしい照明の中で、玉座に女王がおつきになった。王冠、床に引きずる、ビロードの長い式服などのおもさで、おしひしがれてしまいそうな、きゃしゃな女王なのに、白てんの毛皮の制服でいならぶ貴族たちや、かつらや長衣をつけた高官たちを、けなげともなんとも、威厳をもって見まわされたのを見て、ハリスおばさんは感動のあまり涙ぐんでしまった。

　女王のお話がはじまろうとして、両院の議員たちがしずまりかえったとき、おばさんは思わず声をあげた。

「なんてまあ！　あんなきれいなおかたって、あるでしょうかねえ！　この目でおがめるなんて、わたしゃしあわせもんだよ、まったく！」

　たちまち、まわりから「しーっ」ととがめる声があがった。となりの紳士は、まるで博物学者が顕微鏡で、奇妙な生物でも観察しているかのように、びっくりした表情でおばさんの顔をのぞきこんだ。

　しかし、おばさんが悪いのではない。胸のおどるようなはなやいだふんいき、みごとな彫刻や絵画、大きな丸天井の式場など、なにもかも、われをわすれさせるほど美しく、ふしぎにみちていたのだ。この日はおばさんにとって、一生わすれられない記念日になった。

　そうはいっても、儀式をすませて、ウィリスガーデンズのいごこちのよいわが家へ帰って、同じことばづかいの人々にかこまれたときには、さすがにハリスおばさんもほっとして、肩の力がぬけた。

　もちろん、バターフィルドおばさんをはじめとして、近所のおかみさんたちが数人、きょうのもようを聞こうとおばさんを待ちかまえていた。ベイズウォーターさんもお祝いの花たばをもってきたのだが、花が首をたれているようすでは、町で屋台を引いている花屋さんから買ってきたらしかった。

　このときはじめて、ハリスおばさんは自分のためにどうどうたる新戦術の応援をしてくれたお礼を述べることができた。おばさんに抱きつかれてキスをされそうになったので、しかつめらしいベイズウォーターさんは、肝をつぶした。

「あんなことは、なんでもありゃしませんよ。やつらのたくらみがわかったもんで——つまり、なんとかしなくちゃと……」

　ハリスおばさんには、なんのことやらくわしくはわからなかったが、ベイズウォーターさんの赤くなりようとか、どぎまぎしたようすは、おばさんに抱きつかれたらたいへんというだけのものではなさそうだった。彼はやっと、こうはぐらかして、おばさんの追及をかわした。

「いやあ、じつにゆかいな経験でしたなあ。おかげでいいかたがたと大勢知りあいになれましてね。その人たちとは、これからずっとお付き合いをしようってことになっているんです。エイダ、ご近所にあんたの友だちがどんなにふえたか、そりゃたいへんなものですよ」

「わかってますとも」

　ハリスおばさんは部屋にあつまった人々を見まわした。それから、バターフィルドおばさんを見つめた。この親友はなんとも奇妙な顔つきで、——はじめてお目にかかる、しかも台座に載ったえらいおかたの銅像でも見ているような目つきをしてこちらを見ていた。

もともとバターフィルドおばさんは表情ゆたかな質ではないが、いまのそれはのっそりしたうしがぽかんと口をあけて見あげているような、尊敬そのものの表情だった。

これまでの長い付き合いで、バターフィルドおばさんはいつも、頭がよくまわって行動力のあるハリスおばさんに一歩ゆずっていた。だが、いまのバターフィルドおばさんの顔は、なんだかいっぷうちがっていて、ハリスおばさんをむずむずさせ、いたたまれないような気持ちにさせるのだった。不意に、バターフィルドおばさんがいった。

「エイダ、あんた、演説をやったかい？　ほら、あんた、いってたじゃないか。連中にいって聞かせてやるって」

ハリスおばさんは、むりやり笑い顔をつくってみせた。

「まだだよ。あわてることはないんだよ、バイオレット。時間はあるんだからね。きょうは女王さまの番だったのさ」

ぎごちない笑いかたをしたわけは、こうだった。ハリスおばさんは気がついたのだ。この親友はこれから先、あけてもくれても、同じ質問をくりかえすだろう。そしてハリスおばさんのほうは、そのたびにぞっとし、びくびくしなければならないだろう。

ハリスおばさんは、子どものころに経験していた。よその家にお呼ばれにいったり、パーティにいって帰ってくると、

「どうだった。どんなふうだったか話しておくれ」

と、両親に根ほり葉ほり聞かれて、うんざりしたものだ。バターフィルドおばさんが、いつか、

「ねえ、エイダ、あんたはすっかりおえらくなっちまって、わたしゃ、一番の親友をなくしちまうことになるんだねえ」

といったことがあるが、(こうして、きゅうにいらいらするのも、わたしがもう「おえらく」なってきているしるしなんだろうか。それで、一番だいじな親友をうしなうのはどっちなんだろう。バイオレットとわたしのあいだがまずくなるなんて、とてもわたしにゃたえられやしない)とハリスおばさんは思った。ごくかすかではあったものの、二人のあいだには、たしかにへんな感じがすうっとあらわれたのだ。

(それに、わたしが当選してからというもの、ベイズウォーターさんはどうして、どこかゆううつそうにしてなさるんだろう)

はなやかな一日のおわりにしては、なにやらものたりないおちつかない気持ちだった。

第十二章　国会議員エイダ・ハリス

これしきのことでおどろくのは、いささか早すぎるというものだった。ものものしい儀式や、どぎまぎすることがわんさとゆくてに待ちかまえていたのだ。

つぎの日、ハリスおばさんは、まちがいなしのれっきとした新入り議員として（下院の入り口の衛視はおばさんをおぼえていて、ヘルメットに手をやってあいさつした）おずおずと下院の入り口を入っていった。

おじけづいたのもむりはない。いままでは遠くからながめていた、得体の知れない政府を間近にしているのだ。しかも、自分がその一部分になっているのだから。

国民から「あんなもの」とか、「役立たず」とか呼ばれていながら、顔も姿もありはしない政府さんだったのだが、その政府さんは、何百人もの男や、これまたかなりの人数の女からなりたっている活きのいい集団だった。それら紳士がた、ご婦人がたは、こんなごたごたした場所をわが家のような気楽さで歩きまわっていた。その目まぐるしさと活気ときたら、新入りの者をおろおろさせるにじゅうぶんだった。

それはちょうど、はじめて神さまというものに引きあわされたときのような感じだった。ハリスおばさんは、神さまとは聖なる力だとか、真実そのもの、とか、いろいろ聞かされたけれど、どう考えても、どんなおかただかわからなかった。しかし、教会へつれて行かれたそもそものはじめから、教会というところは、うやまわせながら、おっかなびっくりにもさせるところだと、子ども心に思ったことをわすれていない。

　下院もちょうどそんな具合だった。テーブルにむかっている、黒い衣に白いかつらをつけた書記たち、裁判官ふうの黒服の上に長い衣をまとい、かつらをかぶっている下院議長……。

　宣誓の儀式で、自分の番がまわってきて、名前を呼ばれ、誓いの文句を述べるハリスおばさんの声と足はふるえた。

「わたくしは法律に従いエリザベス女王ならびにその後継者に、忠誠をつくしますことを神かけて誓います」

　誓いのことばをおわると、おばさんは下院議長と握手をした。だが、おばさんは、そんなえらい人の顔をまともに見る勇気はなかった。つづいて羊皮紙の巻き物が前におかれ、ペンをもたされた。おばさんは「エイダ・ハリス」と署名した。こうしておばさんは、下院の歴史の一ページをかざることになったのである。

　誓いをおわったとたん、ハリスおばさんは酔いがさめたような、ぞっと背すじが寒くなるような気がした。忠誠と義務の誓いを——どんな古手の議員でも、あらためておこなうのだが——口にした瞬間から、思いもかけない、おもい責任のマントが、おばさんの肩にかぶさってきたような感じがしたのだ。

　おばさんは、じつは身のほど知らずのかってな想像をくりひろげて、自分が世間をよくする運動の先頭に立ち、えらそうな顔をしているろくでなしどもをしかりつける場面などを、思いえがいていたのだが、いま、なによりも女王さまに奉仕することになったのである。

さて、女王さまにどんな奉仕をするのか、おばさんにはさっぱりわからなかった。生まれてはじめて、(そんなことができるのかねえ)とおじけづいた。(いったいわたしゃこんなところへきて、何をしようってのかねえ)一瞬、自分で自分がわからなくなった。たしかに、ハリスおばさんは、もう一人の人間ではなく、大怪物のほんの一部分でしかなかった。

国会再開の儀式はおわった。一番おおく議席をとった党の党首が首相になり、おべんちゃらをふりまくように、大臣を決めた。下院は従来どおりの仕事にとりくみはじめた。十日たち、二十日たつにつれて、ハリスおばさんはいよいよつらくなった。ひとりぼっちでとほうにくれていた。暗闇を手さぐりして、なんとか道を見つけようとするのだが、日がたてばたつほど、暗闇はこくなるように思われた。

ハリスおばさんは、二重の意味で、みじめだった。まず一つは、議会でいま、なにがおこなわれているのか、さっぱりつかめなかった。議事の入りくんだ進行にも、どうついていけばいいのか、どこが頭でどこがしっぽなのか、皆目わからなかった。

第二に、もっとつらいことがあった。自分が小さな党の新米議員で、議会ではなんの役にも立たないというだけではなく、議員の先生たちからもそっぽをむかれているということを、いやでも気づかないわけにはいかなかった。おばさんにそそがれる目は、つめたくて、敵意がこもっていた。

それは、ハリスおばさんが通いの家政婦さんだったといったことからきているのではなかった。ほかにも、おばさんと同じようにロンドンの下町なまりをしゃべり、おばさんよりもっとひどい環境に育った議員もいたが、ちゃんとなかまあつかいをされ、友だちもあるし、意見を述べるとだれもまじめに耳をかたむける。

自分をなぜ、人は敵みたいに見るのだろう、とそのわけが、ハリスおばさんにはつかめなかった。二大政党のあいだには、もともとどうにもならない対立意識があって、ほんのひとにぎりの中央党議員が、その対立の谷間にやっとこさわりこんでいることぐらい、ハリスおばさんだってわきまえていた。しかし、奇妙なことに、なかまであるはずの数すくない中央党の議員からも、おばさんはなかまはずれにされていた。

それというのも、こんどの選挙で、中央党は作戦のまちがいをしてしまい、まえより三議席へって、五議席しかとれなかったため、大混乱におちいっていた。フェアフォードクロスをおさえることに失敗したことから、中央党をふたたび活気づけようという計画はおじゃんになり、それもみなハリスおばさんのせいだと罪をおっかぶせたくなるのだった。

中央党があるかないかの力をふるうのは、議会で意見が半分にわれて、すれすれの採決になりそうで、票をたのみこまれるときぐらいのものだった。だから、中央党の議員たちは、ハリスおばさんがいなくても、痛くもかゆくもなかった。

おばさんのスローガンである「あんたもわたしも楽しく生きなきゃ」のための「いい法律」をつくるにしても、おばさんに協力してくれる議員はいなかった。

保守党の議員は、ふんだりけったりの目にあわされた、といううらみをいだいているし、労働党の人々はほとんどが、ハリスおばさんを、自分も貧しい労働者でありながら、保守党におべっかをつかう中央党などから立候補して、なかまをうらぎったものと見なしていた。自由党は自由党で、うちわのもめごとをかかえていた。

もちろん、ぜんぶがぜんぶおばさんの敵になったわけではなく、ときたま親切なことばをかけてくれる議員もいた。たとえば、ノーフォーク区選出の七十歳になる白髪頭の古い議員は、ロビーでハリスおばさんに声をかけた。やさしい気持ちをあらわすのは気恥ずかしくて、わざとあらっぽい口調でたずねた。

「議員生活は、どんな具合ですかい」

ハリスおばさんは、ひどくびっくりして、

「あんまりいい具合にはいっておりませんです……」

といいかけて、あわてて「先生」といいそえた。

「わしに『先生』などといってはいけませんな。選挙のときのあなたの奮闘ぶりにはずっと注目しておったが、じつによかったですぞ。なに、議会のことなど、気にすることはありませんよ。わしだってなれるまでには一年やそこらかかりましたからな」

また、お茶の時間に、ハリスおばさんは食堂で労働党の議員三人と一つテーブルにすわったことがあった。一人はたいへんなでぶっちょの婦人議員で、その太り具合は、バターフィルドおばさんもかないっこなかった。この人はウルバーハンプトン選挙区出身だった。

三人は、ハリスおばさんにはひとことも声をかけず、おばさんなんかそこにいないみたいにふるまって、自分たちだけでしゃべっていた。

二人が先に席を立って行ってしまったあと、太った婦人議員だけはのこっていて、用心ぶかくあたりを見まわしてから、前かがみになってテーブルごしにおばさんにささやきかけた。

「あなた、ハリスさんでしょう。こんなこといっちゃなんだけど、あなたはごりっぱね。選挙のときに主張なさったこと、まったく賛成です。わたしたちもあなたのように、国民のくらしのことをまっさきにかかげて、選挙をたたかったら、もっとましな結果になったでしょうにね」

また、議会で論議されていることについて、おばさんの意見をたずねる、気さくで気のいい人たちもたしかに何人かはあった。しかし、だいたいのところ、おばさんは、自分はまったくのじゃまものだねえ、と感じることがおおかった。そればかりでなく、おばさんが、議場のうしろに席を見つけてすわると、その両側の人が、いつのまにかいなくなる、ということもたびたびあった。

「なにかわたしにおかしなとこがあるのかねえ？　悪い病気をもってるわけじゃなし、いったいどうしたってのかねえ？」

おばさんは心の中でつぶやいた。

ハリスおばさんが、ちりとりと、ほうきと、ぞうきんで、正々堂々とくらしを立てていたことを、ばかでみえっぱりのフランス人がけなしたので、国じゅうの人々が団結しておばさんをかばったのは、ほんの二、三週間まえのことだったのだ。

しかし、いま、この威厳にみちた国民の代表のあつまりの中で、友だちもなく、まったくのひとりぼっちでいるハリスおばさんは、自分の当選で、下院がていさいの悪い思いをしたとは、知りもしなかったし、想像もできなかった。

長い伝統にかがやく下院には、六百三十人もの議員がいる。それぞれの議員がひとくせもふたくせもあり、そんな連中がそろっているので、下院はがんこで、気むずかしくなって、議員自身がへいこうすることが、すくなくなかった。

議員たちは、下院を「女性」のようだと考えていた。人を傷つけるような冗談をいって喜ぶという意味では、たしかに下院は「女性」らしかった。議員はおたがいにとげのある野次を飛ばしたり、ののしりあったりするのを楽しみにしているようでさえあった。ところが、いったん、下院がよそから悪くいわれようものなら、がまんができない。むきになる。

ハリスおばさんが議員に当選したというできごとは、いってみれば質（たち）の悪い冗談みたいなものだった。おかげで下院は、見世物になり、ばかづらをさらしたような感じだった。だから、下院の議員はご機嫌が悪いのである。

秘密はもれるものと決まっているが、中央党がハリスおばさんを引っぱり出したのは、じつはたくらみだけのことだったのだ。しかもそれが失敗に終ってしまったのだという内幕が、口から口へと伝えられ、けっきょく、ハリスおばさんをのぞいて、ぜんぶの議員が知ってしまった。

ほんとうは当選するはずではなかった議員候補者が、まちがって議員になってしまっているのだと、議員たちはにがにがしい気分になった。食堂、図書室、迷路の部屋べや、議場の席から天井にまで、そのうわさのこだまがしみついているようだった。

まじめな人をぺてんにかけて利用しようとしたのだから、もくろみがはずれて、張本人どもがこまりはてることになったのは、まことにけっこう、とうぜんのむくいである。しかし、下院そのものが、こっけいなお笑い劇の舞台になるのは、下院としては、がまんのならないことだった。

こういうわけで、ハリスおばさんは、機嫌の悪い海に浮いている漂流物みたいに、大波にもてあそばれていた。おばさんは、議会での議論や、質問や答えに熱心に耳をかたむけて、けんめいに理解しようとした。採決のときにはおばさんも賛成か反対かをはっきりしなければならなかったが、どちらにしたらいいかわからないまま投票することが何度もあった。

おばさんをこころよく思っていない人たちは、そのためにいよいよ腹を立て、おばさんをばかにした。それに、あるとき、おばさんはまったく気がつかないで、たいへんなうらぎりをしてしまったことがある。

ひどくあわてふためいた議員が、おばさんをだれかと人ちがいしたらしくて、こうたずねた。

「今夜はくんでもらえますかな?」

おばさんがうなずいたので、その議員は安心して行ってしまった。おばさんは、「今夜はくるんでしょうな?」と聞かれたのだと思っていたし、ちゃんと出席して、投票もした。ところが、例の議員がいったことは、「自分といっしょに今晩は議会を欠席して、どちらの票も無効にしましょう」という意味だったのである。

これは下院の慣習で、議員二人がもうしあわせて欠席したら、票を無効にできるのだった。投票を棄権するもうしあわせをやぶることは、下院では、きつねをこんぼうでなぐり殺したり、子きじをつれた母きじを木の上に追いあげておいて、望遠レンズつきのライフルでうちおとすよりも、もっと質の悪いことになっていた。

そんなこんなで、ハリスおばさんは、まったくのひとりぼっちだった。こんなさびしい思いは、ずっとまえに夫をなくしてからこのかた、はじめてだった。国会は、毎週月曜日から木曜日までは、午後二時半から夜の十時半まで、金曜日は、朝の十一時から午後の四時半までとなっていた。

ところが、時間どおりにすむことはめったになくて、真夜中をすぎることもあった。国会議員が世間の人たちと付き合う時間はほとんどない、ということがおばさんにわかってきた。お茶を飲みながらテレビを見る楽しみも、バターフィルドおばさんとの毎晩のおしゃべりの楽しみも、なくなってしまった。

そればかりではなかった。土曜と日曜なら会おうと思えばだれにでも会えるわけだが、おばさんは長い付き合いの親しい人たちに気おくれを感じはじめていた。「国会じゃ、いまなにをやってるのかい？」とか、「で、きょうは、あんたなにをしてたのかい？」とか、バターフィルドおばさんはじめ、近所の誰彼に聞かれやしないかと、おばさんはたえずびくびくしていなければならなかった。

それになにより、「あんたもわたしも楽しく生きなきゃ」のすばらしい計画が、どこまですすんだのかとか、いつごろそのおめぐみにあずかれるのかい、などと聞きたくてうずうずしているのではないかと思うと、おばさんはいたたまれない気持ちだった。なにしろ、まったくなんとも答えようがないのだ。

有名人になるのは、いいこととはかぎらない。ひどく損をすることもある。バターフィルドおばさんの予言とはすこし質がちがっていたが、ハリスおばさんはやはりたいせつなものを失う羽目になった。それはけっして、おばさんが自分はえらいんだと、いままでの友だちを相手にしなくなったなどということではなく、自分のみじめな、おびえた姿を友だちの前にさらして、友だちをつらい気持ちにさせたくなかったからだ。

しかし、国会議員エイダ・ハリスをとことんうちのめし、ぎゃふんと降参させてしまったのは、他人のいじわるでも、自分がさびしいからでもなくて、おばさん自身がもっている、するどい頭のはたらきと観察力のせいだった。

議員として国会に出席しはじめて、それほどたたないうちに、さすがのハリスおばさんも、こんどばかりはがらにもないことをしてしまった、とさとった。生き馬の目をぬくような人生を乗りこえてくるあいだに、生まれつきの頭の回転の早さはいっそうみがきをかけられ、分別もじゅうぶん身についていた。しかし、それを別にすれば、国会議員という肩書きは、まったく自分にはふさわしくないのだ。

通い家政婦のエイダ・ハリスは、引っぱりだこの人気者だった。ばあちゃんなどといわれて、子どもたちにしたわれ、なつかれ、ハリスおばさんも子どもが大好きだった。夫婦げんかのなだめ役としても、うってつけだった。夫のYシャツのえりに、覚えのない口紅がついていたとか、ポケットによその女のハンカチが入っていたとかで、わめきたてるおくさんたちにこんこんといい聞かせて、たくさんの家庭の危機を救ってきた。

「知らんぷりして、さわぎたてないほうがよござんすよ。だんなさまはそのうち、おくさまのもとにもどんなさいますとも。そうなりゃ、これまでよかずうっと、おくさまをたいせつになさいますよ」

という具合に、そのときどきに、ぴったりの実例をあれこれあげて、ハリスおばさんは、自分流のお説をくりひろげてみせた。その結果、おばさんの忠告どおり、夫の浮気を知らんぷりしてやりすごしたおくさんたちは、いまも別れずしあわせにくらしていた。なかには、たんまり遺産をもらって、けっこうなやもめぐらしをしているおくさんもあった。が、反対に、おばさんの忠告を聞き流してさわぎたてた人たちは、そうはいかなかった。別れてそれっきり、だったのである。

ところで、国会議員としてのエィダ・ハリスはどうだろう。

まわりの議員先生たちは、経験もあり、たいへんなもの知りぞろいだった。これまでのハリスおばさんのお得意さんの中にも、もの知りはたくさんいたし、おばさんはそのだれとでも、じゅうぶん相手になってきた。もちろん、むこうのほうがしゃれたことばづかいをして、上品にふるまって、お金持ちで、それにたいするおばさんは、柄つきぞうきんの柄にもたれて、ゆかいにしゃべるというちがいはあったのだが……。おばさんは自分の立場から、どうどうと一席ぶってわたりあえた。

だが、国会の同僚の議員先生たちは、なんでもすぐに引きだせる知恵袋をそれぞれにかかえているらしい。労働運動の古つわものや、労働組合の幹部をしていた人など、鉱山、鉄道、工場、長時間労働の店などからやってきた人たちは、数字をあげて説明ができるし、実際の例を、自由自在にあげることができた。自分たちが論じあっていることが、何から何までわかっているらしかった。

おばさんのほうは、国の経済のしくみの舞台うらをちらっとのぞいて見ただけで、目をぱちくりするばかり、ほとんどちんぷんかんぷんだった。（わたしゃ、なんにも知らないんだね）と、ハリスおばさんは思い知らされた。政府というのは、ありもしない金をつかい、永久にかえすあてのない金をかりて、国家をきりまわしているらしいし、おばさんにはまったくの魔法だった。

「あんたもわたしも楽しく生きなきゃ」など、たちまちのうちにどこかへふき飛んでしまった。

演壇に立って話をする人は、なにかしらいっぱい書いたものたばや、おりかばんにつめこんだ資料の書類だけでなく、頭にぎっしりしまってある古い法律、あたらしい法律、報告、解説、統計、事実、数字などをぞんぶんにつかって、自分の考えを主張し、相手がたをやっつけにかかる。

それぞれ、この問題なら自分にまかせておけといえる、専門があるようだった。中には、まえにテレビでハリスおばさんをふんがいさせた、ロナルド・パックル先生みたいな、はったり屋も一人か二人はいた。

でも、その人たちでさえ、自分のはったりをよそからつっこまれたら、どんどん裏打ちをしてしっかりしたものにできるだけの理屈を用意していた。ハリスおばさんには、そんなはったりも、理屈もなかったし、まったくのないないづくしだった。

世間でなら、かめの甲より年の功で、わたしゃなんといってもこれだけ生きぬいてきたんですからね、と胸をはれるものの、ここでは年の数なんか、役に立たなかった。大勢の国民の代表であり、その人たちのかわりになってがんばるには、もっといろんなことを、たくさん用意していなければならなかった。

おばさんは日ごとに、いや一時間ごとに、みじめな気持ちに落ちこむばかりだった。ちょうど、はげしい戦闘のまっただ中に、武器ももたずにはだかで飛びこんだようなものだった。バターフィルドおばさんは、まえにいった。

「国会なんて、わたしらみたいなもんの出て行くとこじゃないってば」

バターフィルドおばさんは、いつも、ありとあらゆる災難の予感におびえている人だったが、こんどばかりはばっちりいいあてたようだった。おばさんの予見した悪運が、いまこそエイダ・ハリスをおそっているのだった。イギリスの国会は、ハリスおばさんなんかの出る幕ではなかった。自分の能力いじょうのことを要求されて、おばさんは手も足も出なかった。

それにしても、いったい、どうしてこんな羽目になったんだろう。おそまきながら、おばさんは考えこんだ。

あらためてふりかえって見ると、まずはじまりから、ずいぶん奇妙だった。うわっつらだけみれば、あの朝、おばさんが一席ぶったことから、ウィルモット卿(きょう)が、中央党の勝ちめのない選挙区から立候補させようと思いついた、ということになる。

ところが、その瞬間から、目に見えない、強い力がはたらき出して、当選したのだが、当選をよろこんだものは、いいだしっぺのウィルモット卿をはじめ、党の役員はだれ一人としていなかった。ウィルモット卿はギリシアの島とかへ、姿をくらましてしまって、祝いの電報さえよこさなかった。

ときどき、ほかの議員たちがこちらをぬすみ見て、しのび笑いをしたり、近づいていくと、とたんに口をつぐんだりするのは、なぜだろう。

なかまであるはずの中央党の議員までが、なぜ、そっぽをむいたり、ことあるごとにいじわるをしたりするのだろう。選挙運動のあいだは、物価の値上がりにつりあうだけの賃金がもらえる、「あんたもわたしも楽しく生きなきゃ」の世の中づくりに賛成してくれたのに、いまでは口をきこうともしない。

ところで、ハリスおばさんは、おめおめと、このまましょんぼり引きさがる意気地なしでもなかった。休暇をとっていたスマイスがもどったことを耳にしたものだから、バタシーの西ラウンツリー街にある中央党本部へ、いったいどんなわけですかと聞くために、おばさんは出かけて行った。

第十三章　やけっぱちのスマイス

もちろん、スマイスはなんの力にもなってくれなかった。

「大あらしにむかって、つばをはくようなもんさな。わが党が国会でいくつ議席をとったか知ってるかね。たったの五議席だよ！　あんたの選挙の公約？　どこから支持してもらおうというんだね。笑いものにされるだけだよ」

「だけど、選挙でえらばれたんだから、せめて演説とかなんとかぐらいは、するのがつとめじゃないでしょうかね」

「そうとも、そうとも、そのとおり。どうして演説をおやりにならんのかい」

ハリスおばさんは、なにも知らないことが引けめで、おずおずといった。

「わたしゃどうやって演説するのか、それさえ知らないもんでねえ」

スマイスは、いすにふんぞりかえって足を机に乗せ、くわえたばこをしていた。婦人議員にたいする態度としては、はなはだふさわしくなかった。

「なに、ただ起立して、議長の目にとまるのを待ってりゃいいのさ」

「ほう」

とだけ、おばさんはいった。

スマイスは、たばこのけむりを吐き出すと、ふてくされた顔をにやりとゆがめた。

「ときにゃ、議長の目にとまるまで、二年もかかることがあるがね」

「この、ろくでなし！」

思わずおばさんはどなりつけた。胸の中で、パチンとかんしゃく玉がはれつする音がした。

「机から足をおろして、そんな安たばこなんぞも、口からはなしてものをおいい。礼儀を知らないにもほどがあるね。もうあんたなんかにゃ、うんざりだよ、へなちょこさん。わたしゃ、あんたのおかげで当選したんじゃないからね」

スマイスは、びくともせず頭のうしろで手をくみあわせ、ぎょろりとおばさんを見かえした。

「そのとおりさ。おれのおかげじゃないよ。おれの役目は、あんたを当選させないようにすることだったからね」

選挙ちゅうのいろんなできごと、それにハリスおばさんの飛びぬけた大勝利が、スマイスには頭にきていた。スマイスは、立候補者がハリスおばさんだったからこそ、奇妙ななりゆきが起きて、大勝利となったのだと、自分自身にいいきかせることはできなかった。

もし、自分のひいきの、自分に利益をもたらすチャッツワース・テーラーが立候補していたら、やはりこの勝利をものにしていたにちがいないと考えていた。そして、テーラーなら、こんなすばらしい勝利を、どう利用したらいいかも、ちゃんとこころえている男なのに……。

スマイスは、むなくその悪い、おしつけられたたくらみの秘密を、いまこそばらしてうっぷんをはらしてやろうという気になっていた。ハリスおばさんが、二度とないチャンスを与えてくれたのだ。

おばさんは叫んだ。

「ほんとかい？　なんてまあ、性根のくさったぺてん師だろうね！　どうりでうさんくさいところがあったよ。なにもかもへんてこな具合になるし、テレビには出るなといったりしてさ。そうかい、これで、すっかりわかったよ。

あんたは自分の気に入りの男を当選させたかったもんで、わたしに汚いまねをしたってわけだね。こんなことがウィルモット卿の耳にはいってごらんな。たいへんなことになるよ」

「ぜんぜんならないね。ウィルモット卿が考えついたことだもんな」

「ウィルモット卿が！　よくもそんなことがいえたもんだね！」

「ほんとうのことをいってるだけさ」

スマイスは机から足をおろし、身を乗り出して、長い、汚らしい指をハリスおばさんめがけてつき出した。

「あんたはとんだ思いちがいをしているのさ、おばさん。このおれをぺてん師呼ばわりするとはとんでもない。おれは親分の命令にしたがっただけなんだからな」

スマイスの態度をみていると、ハリスおばさんは、なるほどそうだったのかと、不意に目からうろこが落ちるような気がした。スマイスのことばがほんとうだとしたら、この数週間、おばさんの頭をいくどもかすめていたうたがいが、ふしぎにときほぐせそうだった。でも、おばさんは、こういった。

「あんたのいうことは、さっぱりわかんないよ」

「そうだろうとも」

スマイスが、あっさり答えた。

「すぐにわからせてやるよ。あんたはおえらがたのぺてん師二人にしょっぴいてこられた生けにえなのさ。ただ、さいごにどんでんがえしをくって、あんたは生きのこって当選しちまうし、あの二人は大うろたえしたってわけよ。おれはおかしくておかしくて、笑いころげたのさ。笑いすぎて、腹がよじれちまいそうだったぜ。まあ、おれの話を聞きな」

そこで、スマイスはかんでふくめるように、おばさんがまきこまれた陰謀のあらすじを、順を追って話して聞かせた。ハリスおばさんをうまくかつぎ出して落選させ、そのあとどうほっぽり出すことになっていたか、彼はことこまかに説明した。

いま、希望をくだかれた、嫌味たっぷりの男の口から、ハリスおばさんはすべてを聞いた。この男は、暴露することで自分の親分をうらぎっているのである。すべてがまったく事実そのもののようだったが、ただ、かんじんな点で一つだけ、わけのわからないところがあった。そのために、スマイスの不面目な失敗談はぜんぶうそっぱちで、うらみつらみをはらすためにでっちあげたものに聞こえかねなかった。

「だとすると、それじゃ、どうしてわたしゃ当選したんでしょうかねえ」

とおばさんはたずねた。ちょっぴり誇らしげなちょうしで、思いきってたしかめてみたのだった。

スマイスは、一瞬、ゆううつそうな目つきでおばさんを見つめた。

「おれにもわからんよ。この選挙でどうしてもわけのわからないなぞの一つなんだ。きっと歴史にのこるなぞだぜ。あんたのうしろにゃ、おれたちの知らない人間がついているようだな。そいつらは、ただものじゃなかった。あんたの友だちのベイズウォーターに聞いてみろよ。票あつめのいろんなアイデアは、やっこさんだけで思いついたことじゃあるまいとにらんでるんだ」

ベイズウォーターという名前を耳にしたとたんに、おばさんの頭のおくで、ときどきちらついたりひらめいたりしていた光のかけらが、ふいに一ヵ所にあつまって、目もくらむほど明るい光の玉になり、おばさんは目をぱちくりさせた。

たしかにそうだといいきることはまだできないが、選挙運動がおもしろくて夢中になっていたために見すごしていた、たくさんの切れっぱしは、くみあわせたら絵あわせパズルの絵のように、一つの絵をつくり出しそうだということに、おばさんは気がついた。ベイズウォーターさんが指揮する、ロールスロイス部隊、中央党本部はそっちのけにして、じかにおばさんにもちかけられたテレビ出演の話。それに、まさかとは思うけれど、国の外からちょっかいの手をのばして、イギリス全土にショックをあたえた、フランスの新聞の記事。フランス人――フランス――パリ――そしてあのとき、シャサニュ侯爵はちょうどロンドンにいた……。

あとは、たしかな証拠をつかむだけだった。（でも、そんなものでてこなけりゃいい！）ハリスおばさんはおそろしくなって、そう祈った。

おばさんは立ちあがると、ハンドバッグをとり、びっくりしているスマイスにむかっていった。スマイスが、拍子ぬけがして、腰をぬかしかけたほど、しずかな、おちついた声だった。

「ありがとうさんでした。スマイスさん。よく話しておくれでしたね。さっき、あんなひどいことをいったりしてごめんなさいよ。あんたも、この件じゃ、あんたなりの痛手をおうけなさったんですねえ。では、もう帰りましょう」

ハリスおばさんは、ひどいショックを受けてはいたのだが、その痛みはのちほどやってくるようすで、おばさんの頭はまだはっきりしていたし、手足もその指図どおりにちゃんと動いていた。

おばさんは通りに出ると、がま口をあけて小銭をかぞえてみた。すこししかなかった。歩いていくうちに菓子屋が見つかったので、ナッツ入りのチョコを買い、おつりは銅貨でくださいよ、とたのんだ。

それから、電話ボックスに行きあたるまで、どんどん歩きつづけた。人のいない電話ボックスがあった。おばさんはおちついて番号をしらべると、銅貨を四個入れ、テンプル・バー四三四三をまわした。相手が出た。

「サボイ・ホテルでございます」

シュライバー夫妻は、ロンドンにきたとき、きまってそこに泊まることにしている。ハリスおばさんは、通話ボタンをぐいとおして、それからいった。

「シュライバーさんのおくさんをお願いします。ご主人でも、おくさんでもけっこうです」

交換手は、シュライバー氏がホテルに滞在ちゅう、大西洋のむこうからさかんにかかってくる国際電話をとりついでいたので、その名をおぼえていた。

「シュライバーさんは、もうこちらにはおいでにならないはずです。かなりまえにおたちになりましたけれど。ちょっと、お待ちいただけましたら、しらべてみますが……」

「いいえ、けっこうです。おせわさまでした」

ハリスおばさんは受話器をおいた。予想どおりだった。これで、テレビのプロデューサーがいきなりおばさんに興味をもって、人気番組にまねいたことも、番組の中での話のすすめかたも、なっとくがいった。電話ボックスがあくのを待っている人がいないので、ハリスおばさんはしばらくガラスによりかかって考えこんだ。

そうだ。シュライバーさんが手をまわしたのだ。でも、ロンドンにきたなら、どうしておばさんに連絡しなかったのだろう。おくさんとは、ただの雇い主とお手伝いさんという以上の友だちになっているのに……。

それに、ヘンリーぼうやのことだってある。シュライバー夫妻は、おばさんの活躍のおかげで、あの子を養子にできた。あの子のようすなり、言伝なりを知らせてくれてもよさそうなものなのに……。もっとも、ロンドンにきていることを、おばさんに知られたくないとすればべつだった。なにか秘密のたくらみのようなものをめぐらせていたのでないかぎり……。

おばさんのするどい頭に、「たくらみをうちやぶるたくらみ」という考えがひらめいた。たしかにおばさんは、ぺてん師の政治家にのせられた。そして、それにはむかう、けたはずれのたくらみがあったことも、たしかなように思われた。

ハリスおばさんの頭に、スマイスの皮肉っぽいことばが浮かんできた。

「ベイズウォーターに聞いてみな」

腕時計をのぞくと、午前十一時にすこしまえだった。もちろん、ベイズウォーターさんは仕事をしている時間だ。けれど、そう思ったすぐあと、まだよくはたらいている頭がおしえてくれた。ウィルモット卿とコリソン夫人は、ロンドンにはいないのだ。

スマイスが小気味よさそうに話してくれたことによると、かんかんに怒ったコーツ氏にとっちめられるのをおそれて、逃げ出したそうな。だとすると、ベイズウォーターさんはひまなはずだった。家にいるかもしれない。

ハリスおばさんは、もう一度、四枚銅貨を入れてダイヤルをまわした。呼び出しのベルが二度なり、声が聞こえてきた。

「はい、こちらはベイズウォーター四〇九三番、ベイズウォーターですが」

おばさんは、通話ボタンをおした。

「もしもし、ジョン。わたし、エイダですよ」

「やあ、こんにちは、エイダ。あなたからとはうれしいですね。国会はどんなですか」

「まあ、おかげさまでね。あなたはお元気で？」

「ありがとう。しごくいい調子です。ちょっとのんびりしているところなんですよ。ウィルモット卿夫妻が国外旅行に行ってしまいましたからね」

「それはそうと、シュライバーさんたちは、こちらに見えたとき、いかがでした。どちらもお元気でしたか」

うっかり、ベイズウォーターさんは罠にはまってしまった。

「はい、そりゃもう元気でしたよ。ヘンリーぼうやが、よろしくと……」

といいかけて、不意に口ごもり、とぼけはじめた。

「いま、なんていいました。シュライバーさんといったんですか。わたしには、さっぱりわかりませんが。わたしがシュライバーさんたちにお会いするはずなど、ありませんですよ」

おばさんは、かまわずにつづけた。

「それから、侯爵さまはどうでした？　侯爵さまもお元気で？」

ベイズウォーターさんは、すっかりうろたえてしまい、どもりだした。

「こ、こ、こ、侯爵ですか。きっとそうだと思いますよ。あのかたはいつもお元気ですからね。エイダ、いったい、あなたはなにをいおうとしているんですか」

ハリスおばさんは、さっき、スマイスに「すぐにわからせてやるよ」といわれたが、こんどは自分がベイズウォーターさんにいうばんになった。

「いますぐにわかりますよ。わたしはスマイスさんと話をしてきたところなんです」

ベイズウォーターさんのそらっとぼけをふき飛ばす爆弾のつもりだとしたら、このことばはのぞみどおりのききめがあった。電話にむかってしゃべっていることもわすれて、ベイズウォーターさんが、

「やれやれ。これは、これは」

と口走ったのが聞こえてきたからだ。それでも、なおベイズウォーターさんはさいごのあがきをこころみた。

「あんな、ちゃらんぽらんなやつのいうことなんか、たとえあいつが、山とつんだ聖書にかけて誓ったとしても、ひとことだって信じてはなりませんよ」

「サボイ・ホテルに電話をしたら、シュライバーさんたちはきてなすったそうだけど、もうおたちになったんですってね」

「ああ」

ベイズウォーターさんは、ため息をついた。でも、このときはまだ、ハリスおばさんは腹を立てているわけではなかったし、絶交をいいわたすつもりもなかった。ロールスロイスの一隊をひきいて応援してくれたベイズウォーターさんに、心から感謝していた。ただ、生まれつき、ハリスおばさんは自分が何も知らされないまま、まわりでこそこそやられるのがきらいで、ほんとうのことを洗いざらい知りたいだけだった。それで、もうひとおし、つっこんで聞いてみた。

「シュライバーさんたちは、なぜおいでになったんですかねえ。わたしのためにわざわざ……。わたしの立候補を、どうしてお知りなすったんでしょうね」

ベイズウォーターさんは、あきらめた。もともと、とぼけるのはひどくにがてである。

「わたしが手紙を出したんですよ。あなたが立候補したことと、あなたを汚い手口で引っかけて、利用しようとしているやつがいるので、どうしても助けがいりようだということを書いたんです。で、シュライバーさんが、テレビをつかって対抗しようといってくれましてね」

「じゃ、フランスの一件のほうは？」

「あれは、侯爵のお考えによったのでしょう。侯爵は、どんなふうにことを運ぶとは、おっしゃいませんでしたがね」

「侯爵にも、あなたが手紙を出しなすったんでしょう」

「そうです。しかし、どっちみち、会議があるんで、こちらにこられることになっていたんですよ。新聞でお読みになったでしょうが」

「それから、ロールスロイスであなたのなかまがみんなして、一軒ごとに呼び鈴をならしてまわったのは？」

「あれは、その、わたしの思いつきらしいですな、エイダ。よけいなことをしたといって、怒らないでくださいよ。わたしは、ただ……」

「ジョン、ほんとうに、ありがとう」

ハリスおばさんの声はかすれた。それほどまでして自分のためにつくしてくれた、ベイズウォーターさんとなかまの人たちの親切を思うと、おばさんは胸がいっぱいになった。

ところが、その気持ちは五秒もつづかなかった。「あなたを汚い手口で引っかけて、利用しようとしているやつがいる」とベイズウォーターさんはいったが、それについての疑問の雲が、もくもくとわきあがってきたからだ。ベイズウォーターさんは、どうして、そのことがわかったんだろう。はじめから知ってたのかしら。それなら、なぜ、わたしにおしえてくれなかったのだろう？

また一つショックの大波をうける予感がしながらも、ハリスおばさんの頭は、あいかわらずしゃんとしていて、いつものようにきちょうめんに役目をはたしていた。たくらみの張本人はウィルモット卿である。そのウィルモット卿のおかかえ運転手はベイズウォーターさんだ。だから、ベイズウォーターさんは、たくらみを卿からかぎ出したことになる。

ハリスおばさんはいった。

「ベイズウォーターさん、いいですか。スマイスがなにもかもしゃべっちまったんですよ。ことのはじまりから、あのやりてのウィルモット卿がどんなめにあったかってことも、すっかりね。でも、どうしてあんたはそのぺてんを知ったんだい?」

「それは、そのう、なあにね、エイダさんや……」

「『なあにね、エイダさんや』なんてことを、聞いちゃいないんだよ。知ってなさったのか、それとも、知らなかったのか、どっちなんですかね」

電話のむこうで、ベイズウォーターさんはだまってしまった。しばらくして、

「じつは、知ってました」

こんどは、電話のこちら側で、ハリスおばさんがだまってしまった。

ベイズウォーターさんの声が、聞こえてきた。

「だけど、どうしようもなかったんですよ。車の通話器のスイッチが入ったままになっていたもんで、話が聞こえてきてしまったんです」

ハリスおばさんがいった。

「ベイズウォーターさん。それじゃ、あんたはこのことをずっと知っていながら、わたしに話してもくれず、わたしにばかなまねをさせといたわけなのかい」

こんどはショックの大波がベイズウォーターさんをおそって、彼はまたも口がきけな

くなった。

ハリスおばさんは、なおもせまった。

「そして、シュライバーさんたちや侯爵さまの前で、わたしのまぬけぶりを説明したってわけですね。そして、けっきょく、このイギリスじゅうに、わたしのばかさかげんをさらしものにしたんだね」

やっとのことでベイズウォーターさんは、苦しげにしぼりだすような声をだした。

「エイダ、わたしにはどうしてもいえなかったんだ。わかってくださいよ。あれほど、夢中になってよろこんでたあなたにむかって……」

「ベイズウォーターさん、これからはもう二度と、わたしの近くにあらわれたり、話しかけたりしないでおくれ。いやだよ、おことわりだよ、死ぬまでね」

ハリスおばさんは電話を切った。

ボックスを出たとたんに、ショックの作用があらわれ、ハリスおばさんはうつろの状態になってしまい、どこをどう歩いて家にたどりついたのやら、おぼえていなかった。

第十四章　ハリスおばさんの決心

　午後四時すこしまえに、バイオレット・バターフィルドおばさんは、家に帰ってきた。おくさまがたばかりの午餐会で得意の腕をふるったあと、夜の仕事にでかけるまで、二、三時間、ひとやすみしようと立ちよったのだった。

　ところで、バターフィルドおばさんは自分でもおどろいたのだが、もう第二の天性ともなっているかんで、ハリスおばさんが家にもどっていると、ぴいんときて、それがぴたり、あたったのだ。

　バターフィルドおばさんにしてみれば、異常なできごとが発生したようなものだった。なぜかというと、東バタシー区選出の国会議員エイダ・ハリスは、この時間は国会で演説をぶっているはずだったからだ。

　バターフィルドおばさんの考えでは、国会議員は演説で、いつもいそがしいことになっていた。はてしなく長い演説をぶっている議員――その議員とは、一番の親友のエイダ・ハリスである。ハリスおばさんは演壇に立ち、熱心に聞き入っている全員にむかって、とうとうと熱弁をふるっているはずだった。

　まさか、急病じゃあるまいね、と心配しながら、バターフィルドおばさんは、玄関のベルを何回もおした。家の中でたしかになりひびいていたが、いそいででてくる足音はしない。

気がついてみると、ドアがほそくあいていた。いままでにないことだった。バターフィルドおばさんはドアをおして中にはいった。

ハリスおばさんは、家にいた。帽子をかぶり手ぶくろをはめた外出すがたのまま、いすにあさく腰をおろしていた。ハンドバッグをひざに載せて、じっと前のほうを見つめていた。

バターフィルドおばさんは叫んだ。

「エイダ、いったい、どうしたの。国会へいって演説をしていたんじゃないのかい」

ハリスおばさんは、「演説」ということばに、かすかに身ぶるいをしただけで、あとはまるで石にでもなったかのように、ものもいわなければ、身動きもしなかった。

肝をつぶしたバターフィルドおばさんは、かけよって身をかがめ、顔をのぞきこんだ。ハリスおばさんは、なにを見ているというふうでもなく、ただ目をあいているだけだった。バターフィルドおばさんは、おどろきをとおりこして、恐怖の叫び声をあげ、親友の体をゆすぶった。

「エイダ、エイダ！　どうしたんだい。なにかあったのかい。わたしの声がわかるかい。わたしだよ。あんたの友だちのバイオレットだよ」

わかったらしく、ハリスおばさんの目がほんのすこし動いた。

バターフィルドおばさんは、なげきの叫びをあげた。

「ああ、なんてこったろう。ああ、どうしよう。すぐに湯をわかしたほうがよさそうだね」

ともかく、いそいでお茶を飲ませてみよう、と考えた。

お茶をだされると、ハリスおばさんはなにもいわないでお茶をすすり、飲みおわると、大人しくベッドのところへつれて行かれ、いわれるままに服をぬぎ、ベッドに入った。

バターフィルドおばさんは、友だちのおでこに手をあてて熱がないかたしかめ、舌をしらべてみたが、外から見たかぎりでは、どうやら病気ではなさそうだった。とすると、口もきけなくなるほどのすごい天のおつげにぶちあたったか、ひどくがっかりするような目にあったにちがいない。

バターフィルドおばさんは、親友がこんな状態になったのを、まえに一度、ニューヨークで見たことがある。あのときは、ハリスおばさんの突拍子もないでしゃばりから、助けようと思ったヘンリーぼうやの一生をもうすこしでだいなしにしかけたのだった。やはり、いまのように、だまりこくってじっと前のほうを見つめている状態が何日もつづきそうだったが、思いがけなくワシントンから、ジョン・ベイズウォーターさんがたずねてきてくれたおかげで、ハリスおばさんは回復したのだった。

そうだ、ベイズウォーターさんだ！　一度よかったのだから、二度めも、ききめがあるかもしれない。

「いいかい、目をつぶって、じっとしずかにしてるんだよ」

バターフィルドおばさんはうわがけを引っぱりあげ、まくらを頭の下につっこんだ。

「ちょっと家へ行って、一つ二つ用事をすませてくるからね。一時間もたたないうちに、もどってくるしさ。それまですこし眠ったほうがいいよ。そのあとで、すっかり話をきかせてもらおうね。なにがあったんだか、あんたも話せるようになってるだろうし」

バターフィルドおばさんは玄関を出るとき、ドアをほそめにあけたままにしておいた。またもどってきたとき、すぐはいれるようにとのつもりだった。そして自分の家に帰って、コートをぬぐのももどかしく、電話のところへ飛んで行き、短い太った人さし指をふるわせながら、ダイヤルをまわした。

「ベイズウォーターさん、ベイズウォーターさん。かわいそうに、エイダがたいへんなことになったんですよ」

「いったい、どんな？　けがをしたのですか。車にひかれたんですか。どうしたんです。はやく話してください」

「そんなんじゃないんですよ！　わたしらみんながアメリカにいたとき、エイダが発作を起こしたのをおぼえていますか。まるで頭でもおかしくなったみたいに目がすわっちまって、だれにもひとこともしゃべらなくなったでしょう」

「おぼえていますとも」

「こんども、あれなんですよ。どうしてああなったか、わかりませんけどね。なにも聞き出せないもんでね」

ひどくこまったときには、ベイズウォーターさんはつい、むかしのことばづかいにもどるのだった。

「ちょっ、ちょっ。なんちゅうこっちゃ。うん、あのせいじゃないかな」

バターフィルドおばさんは、急きこんでたずねた。

「わかってなさるんですか。それじゃ、こんどもあの人を助けておやれなさいますですね。すぐきてもらえますか」

ベイズウォーターさんは、すこしだまりこんで考えているふうだったが、やがてこうつぶやくのが聞こえた。

「ああ、なんちゅうこっ……。それが、そのう、だめなんですよ」

「だめだって？　あんた、それで友だちだなんてよくいえるねえ」

「あなたをべつにすれば、わたしはあの人の一番の親友だと思っておりますが、エイダのほうでは、もう、そうは思っていませんです。それもみんな、わたしのせいなんだ。さっき、エイダと電話で話したときに、この先死ぬまであいたくもないし、口もききたくないといいわたされたんですよ」

と、うちひしがれたような声が聞こえたと思うと、ふいにカチャリと電話が切れた。

「ベイズウォーターさん、ベイズウォーターさん」

と、バターフィルドおばさんは呼びつづけたが、もうベイズウォーターさんの声は聞こえなかった。もうこれ以上話したくないというように、ベイズウォーターさんは受話器を置いてしまったのだった。

いくえにもくびれているあごをふるわせ、涙を流しながら、バターフィルドおばさんは、つぎのお得意さんへ持って行くものを、台所であたふたと用意した。こうしておいて、せめて三十分でもひねりだして、すっかりまいっている友だちのそばにいてやるつもりだった。

ところが、その日、バターフィルドおばさんをおそったショックの大波は、これでおしまいではなかった。またまた、なにがなんだかわからない、度肝をぬかれるようなことが、待ちうけていたのである。おばさんが用意をすませてから、友だちの具合はどんなだろうと、となりへ走って行ってみると、ハリスおばさんの姿が消えていた。そのかわり、炉だなに紙が一枚立てかけてあったのである。

心配しないでください。国会へ行ってきます。いろいろありがとう。エイダ

下院の議長は教養があって、人がらがよくて、親切だった。政治家としてもなかなかの腕があったから、それだけに毎日非常にいそがしかった。議会のための書類、請願書や報告書などにおしつぶされそうだった。だから、議会のはじまるまえやおわったあとは、一分でも議長室ですごす。自分が議場にいなくてもすむときには、副議長にかわってもらうようにしていた。

さて、午後おそく、下院が一時、休憩に入っていたとき、議長は議長室でせっせと書類相手の仕事をしていた。すると、秘書があらわれて、いった。

「エイダ・ハリス夫人が、できることなら、お目にかかりたいといっておられますが」

「エイダ・ハリス？　エイダ・ハリス？　どんなかたかね」

「新議員の一人だったと思います」

「またべつのときにしてもらえんかな」

「かしこまりました」

しかし、この秘書は、まだ心がひからびはじめていない青年だったので、戸口でたちどまってこういった。

「ちょっとだけ、会っておやりになるわけにはいきませんでしょうか。なんですか、とても……」

議長は書類をひろげ、ひたいにたてじわをよせて難問の解決をはかっていたが、顔をあげた。秘書の心配そうな表情が目にはいった。議長の顔からたてじわが消えて、にっこりした。

「わかった、カーソンくん。おとおししなさい」

ハリスおばさんには、国会でおこなわれていることは、わからないことばかりで、まったくのかなづちが、大うずまきの中でもがいているようなものだった。だが、たった一つわかったのは、議員の中で一番えらいのは、議長と呼ばれている人であるということだった。

議長が議場に入ってくると、みんなからていねいにおじぎをされるし、しょっちゅう、人におじぎをされてばかりいるらしい。議長の目にとまることは、非常にありがたいことで、議員を助けることも、つぶすこともできる人のようだった。いわば、いせいのいい六百三十頭の馬のたづなをにぎっている御者のようなものだった。

ハリスおばさんは、自分が知らないうちにおこなわれたとはいっても、まちがいをだまってほうりっぱなしにしておけなかった、おばさんの正義感が、あのひどいショックさえ、ふき飛ばしてしまった。まちがいはただちにただされなくてはならないし、ただしくすることのできるのはわたしだけなのだ。だから、議長に会わなくてはならない。ハリスおばさんはそう決心したのだった。

議長は書類の山をわきへおしやって、めがねを頭のてっぺんまでおしあげた。

「さあ、どうぞ、おかけなさい。ええと――ええと……」

「アリスでございます。エイダ・アリスともうしますです」

議長は、いすのはじっこにちょこんと腰かけている老婦人を、じっとながめた。小ざっぱりした服をきて、手ぶくろをはめているのだが、ロンドンの下町っ子のなまりと、顔がふつりあいだった。りんごのようなほおも、いまは血の気がなく、いつもならいたずらっぽくよく動く目は、不安にくもっていた。

議長は、この顔はたびたびどこかでお目にかかり――それも最近のことだが、と考えて、ふいに思いあたった。

「そうだ。あなたがあの……」

もうすこしのところで、議長はいうのをやめたが、「通い家政婦さん」ということばが、二人のあいだの空間に引っかかって、ゆれている感じだった。

「いま、思い出しましたよ。あなたは、そのう……まったくかわった選挙運動をなさいましたね。おめでとうございます。で、わたしにどのようなご用ですかな」

いよいよとなると、わずかにのこっていたハリスおばさんの日ごろの、自分はしっかりものだという自信は、あとかたもなく消えてしまった。かすかにくちびるをふるわせながら、おばさんはいった。

「議長さま、わたくしは議員をやめたいんでございます。でも、どうしたらいいのか、どこへお願いしたらよろしいのかわかりませんのです。おいそがしい議長さまのところに、おしかけまして、ごめんなさいまし」

議長はあっけにとられた。国会がはじまってから、たった三週間しかたっていないのに、いくらかふうがわりな選挙運動だったにしろ、飛びぬけた大勝利で当選した議員が、はやばやとやめるなどといいだすとは……。

「どうして辞職したいのですか」

ハリスおばさんは一、二度、さびしそうにまばたきしてから答えた。

「一身上の都合でございます」

この文句は新聞で、たびたびお目にかかっていたから、おばさんは都合よくここでつかった。組合長や俳優、会社の社長、牧師など、どんな仕事の人もやめるときや、ふつうは職場からほうり出される直前に、もうしあわせたようにそういっている。

議長は心配した。

「体の具合でもお悪いんじゃないですか」

「いいえ、どこもなんともございませんです」

議長はしげしげと、ハリス議員を観察した。どうもこのご婦人は心になにか大きな重荷をせおって、くるしんでいるらしい。

「ごぞんじでしょうが、いったん、議員に選ばれますと、やめるわけにはいかないんですよ」

「まあ、どうしましょう、議長さま。ああ、どうしたらよろしいんでございましょうねえ」

ハリスおばさんは議長から顔をそむけた。こらえきれなくなった涙を、議長に見られたくなかったからだった。

そのようすを見た議長は、経験がゆたかなだけあって、さっと頭にひらめいた。このようなすぐれたひらめきのある人だからこそ、現在の地位にまでのぼれたのだ。

議長は、耳にはさんだうわさ話、しのび笑い、いわくありげなくだらない冗談などを思い出して、一瞬のうちに、すっかり見とおした。そうだ、政治的な小細工がおこなわれたのだ。べつに、めずらしいことではなかった。その小細工が失敗して、けしからぬ冗談がかわされるようになった、というわけだ。

そのために、身動きのとれない羽目におちこんだ犠牲者が、こうしてここへやってきているのだ。この婦人だけではない。りっぱな意見と能力をもっていながら、下院というみょうな場所のどろ沼に足をとられて、くるしんだものがほかにも何人かいた。

しかし、どんなことがあったにせよ、いまここに腰をおろしている婦人は、善良で誠実な人がらだと議長は判断した。それなのに、どうすることもできない土壇場に追いこまれてしまっているのだ。

「ひとつ、あなたを一代貴族にしてさしあげたらどうでしょうかな」

と、議長は口のあたりに、なんともいえない微妙な笑いを浮かべて、いった。

ハリスおばさんはびっくりして、まじまじと議長の顔を見つめた。

すぐに議長は気づいて、ハリスおばさんにあやまった。

「失礼しました。なにもふざけたり、冗談でいったわけではなく、ただ、政治的なぬけ道を考えていただけなのです。一代貴族というやつのほかに、もう一つ方法があります。王室百領地執事職を申請なさったらいいですよ」

ハリスおばさんは、めんくらった。

「百の……なんですって？」

「王室百領地執事職です」

と、議長はくりかえした。それでもわからないので、ハリスおばさんはきょとんとして議長を見つめていた。議長はくわしく説明することにした。

「イギリス人なるものは、奇妙な人種でしてね。その奇妙な人種であるわれわれが、さらに奇妙な政治というやつをやっているわけです。いったん選ばれて国会議員となったものは、議員の地位から身を引くことはゆるされないと、法律で決めてあります。そうしておきながら、身を引く場合にそなえて、大まじめでぬけ道が用意してあるのですよ。しかも、隊商でさえもとおれるくらいの大きなぬけ道をね。

ごぞんじのように、国会議員は、議員としての地位のままで、王室にかかわりのある職員をかねて、お手当をもらうわけにはいきません。いまもうした王室百領地執事職は、女王陛下の三つの直属地ストーク、デズバロー、バーナムを管理するのですが、これがそのぬけ道ともいえる職なのです。

むろん、名前だけのものですがね。『百領地』というのは、むかしの政治区域をさしていったもので、いまは、ほんのわずかしかのこっておりません」

すこしはおわかりかなと、議長は話をやめておばさんを見た。といっても、議長も自分のしている話の中身が、よくわかっているわけではなかった。

「まあ、とにかく、この執事職を申請なされればよろしいと思いますよ。許可がおりれば、そのまま、下院のあなたの議席は、なくなることになります」

政治なんて、まったく蠅とり紙みたいなもんだねえ、とハリスおばさんは思った。片てしまうらしい。

方の足がやっと紙からはなれたかはなれないうちに、もう片方がべつの場所にくっつい

「それには、議長さま、どのようにすればよろしいんでござんしょうか」

「申請は、たしか――ええと――大蔵大臣だと思いますよ。そうです。大蔵大臣に申請すればいいのです」

どうやら、両足とも、べったり蠅とり紙にくっついてしまったらしい。ハリスおばさんは、もう、がんばる気力がなくなった。

「ああ、なんてこった。大蔵大臣……」

ハリスおばさんはうめいた。おばさんにとっては、大蔵大臣とか、カンタベリーの大主教とか、最高裁判所の長官とかは、とても手のとどかないところにいる人たちだった。

議長は考えてみて、ハリスおばさんがなんでとほうにくれているかわかった。

「まあ、わたしが、お役に立てるかもしれませんよ。とにかく、やってみましょう」

議長は電話に手をのばした。

「大蔵大臣が部屋におられるかどうか、ちょっとあたってみてくれないか」

ほどなく、電話がなった。議長は受話器をとり、ハリスおばさんにうなずいてみせた。

「運がよかったですな」

そういってから、議長は電話にむかって話しはじめた。

「やあ、大臣ですか。議長です。ちょっとお力をかしていただきたいと思いましてな。

じつは、いま、ここに婦人議員が一人、一身上の都合で王室百領地執事職の申請をしたいといってみえておいででね。内気なご婦人で、こういう問題にはなれておられないので……そう、ご婦人です。一つ、執事職の許可をあたえてもらえないでしょうかな。手続きは、わたしのところから直接、あなたのほうへ書類をまわしてよろしいですかな。……なるほど。なるほど。そうです。そうです。それは、ご親切にありがとう。感謝しますよ、ロン。では、よろしく」

議長は受話器を置いた。

「承知してもらえましたよ。お帰りになるとき、さっきの秘書のところにおよりになってください。カーソンが申請書をタイプしてさしあげますから、あなたはそれにサインなされればよろしいのです。書類はこちらから大蔵大臣のほうへまわしておきましょう。執事職の許可がおりれば、それでもうよろしいのです」

このあとに、議長はつけくわえた。

「それから、ひとこと、ハリスさん。おやめになるのは、まことにざんねんにぞんじます」

議長が立ちあがりかけた。これで話はおわったのだ。ハリスおばさんははじかれたように立ちあがって、お礼をいい、逃げるようにドアにむかった。が、とちゅうで、うしろ髪を引かれるような気がして、ふりむかずにはいられなくなった。議長がデスクから顔をあげた。ハリスおばさんは思いきっていった。

「議長さま、たいそうご親切にしていただきまして、ほんとうにありがとうございました。ずうずうしいことでございますけど、もう一つだけ、お願いしてもよろしゅうございましょうか」

「いいですよ。なんでしょうか」

「いっぺんだけ、演説をさせていただけませんでしょうか。ひとことだけでけっこうなんでございます。そのう、長いもんじゃなくて、ほんのちょいで、あまり時間はかかりませんです。ただ、今晩の議会で、みなさん先生がたにさよならをもうしあげたいと思いまして。これでもう、わたし、まいりませんのですから」

その気持ちは、議長にもわかった。たぶん、下院はじまって以来の短い期間、議員をつとめた一人のおばさんが、はじめての演説を思い出にしたいのは、もっともなことだった。

しかし、なによりも議長の胸をうったのは、ハリスおばさんのしょげかえったままではいない粘りづよさと、勇気だった。この人は、意気地がなくて議員をやめようとしているのではない。自分が正しいと思うことをしようとしているのだ。

議長はにっこりして答えた。

「たぶん、よろしいと思いますよ。議事が長びいて時間がないようになったらべつですが。席からお立ちになって、そのままでいてください。そうすれば、わたしにわかるでしょうからね」

第十五章　ハリスおばさんの演説

長いあいだあたためてきた夢や空想と、実際とは、ずいぶんちがいがあるのがふつうなのだが、東バタシー区から選ばれた国会議員の、別れのあいさつをかねたはじめての演説の場合ほどかけはなれていたのは、まずめったにお目にはかかれまい。

夢で演説するときはいつも、ハリスおばさんは、院内にぎっしりつまった議員たちを相手に、さっそうと立ちあがって、政府のまちがっている点をぴしゃりぴしゃりとおしえてやる。そして、わかりやすくものの道理をといて聞かせて、国がかかっている病気をなおすためのすぐれた案をとうとうと述べる。人々はじっと聞きいっている——とこうなるはずだった。

おばさんが、これまであなたがたはなにをしてたんですか、とお説教をして、おそれ入っている議員たちを見おろすと、まったく賛成だとうなずく議員もいれば、感心してしきりに頭をふっている議員もいる。「そのとおりだ」というつぶやきや、「このことに、なぜ、いままで気がつかなかったんだろう」などという声も聞こえてくる。

そして、ハリスおばさんの演説がすむと、すべての党の議員たちから、議場をゆるがすほどの拍手が起こる。ハリス議員に感謝決議をささげようではないかといいだす者も出て、満場一致で決議がなされ、空想はめでたしめでたしでおわる——という具合だった。

さて、夢でも空想でもないほうの、ハリスおばさんのはじめてでさいごの演説は、欠席している議員のおおい、さびしい議場でおこなわれた。これだけの人数はいなければならないと決めてある、最低ぎりぎりの議員がいるだけで、それも、さっさと議案をかたづけるために、いのこった人たちだった。書類をガサガサよりわけて、かばんにつめこんだり、となりの議員とひそひそ話をかわしたりしていた。

記者席には、記者が一人いるだけで、傍聴席にはだれもいなかった。というのは、その日は重要な議案はなにもなくて、いつもよりずっと早く切りあげることになっていたからだった。

さあ、もうそろそろおしまいだろうと、議長は九時すこしまえに議場に入ってきて、副議長とことばをかわしてから、目をあげると、一人の婦人議員が立ちんぼうをやっているのに気がついた。それで、きょうの午後のことを思い出した。そうでもなければ、ハリスおばさんは、演説するチャンスをふいにするところだった。

さいわい、議長は慣れていたから、ぐるりと見まわして、立っている小さなハリスおばさんに気づいたのだ。おばさんは、こうして一時間近くも立っていた。議長は副議長の耳もとで、なにかささやいた。副議長はうなずいた。

眠気をさそうような声でしゃべっていた議員の演説がおわると、一番うしろの席でぽつんと立っているハリスおばさんのほうを、議長はちらっと見た。

「東バタシー区選出議員」

　議長は、もう一度呼ばなくてはならなかった。ハリスおばさんは、暗記してきた演説の練習に夢中になっていた。そして、気持ちの用意ができていないのに、不意に呼ばれて、あわてててしまい、せっかく暗記してきた文句がどこかへ消しとんでしまった。

　そういうわけでおばさんは、頭が指図することばでなく、心からわき出てくることを話さなければならなくなった。

　ハリスおばさんは、あれ、どうしましょうねえ、というふうにちょっと手を動かしたが、すぐに思いきって話しはじめた。

「あれまあ、わたしのことでございますね。そりゃどうもありがとうございます。みなさんがとてもおいそがしいのを知ってますので、お時間をとりたかございません。ただ、わたしは今夜っきりで、もう、こちらにはまいりませんでございますから、ちょっとお別れのごあいさつがしたかっただけなんでございます」

　半分居眠りをしていた記者は、このかたやぶりの文句が耳に入ってきたので、おどろいて目をあけると、だれがしゃべっているのかと見まわした。そして話し手をたしかめると、しゃんと体を起こして、えんぴつをにぎった。

「なにもかも、まちがいからこうなりましたことで、もうしわけないと思っております。ほんとうは、わたくしなんぞ、こんなところへのこのこ出てきてはいけなかったんでございます。補欠選挙というのがあるとうかがっておりますから、こんどはちゃんとした人が当選なさることでしょう。

わたくしは、お願いをしまして、王室百領地とかをいただきました。それがどんなものなのか、わたくしにはわかりませんが、いただきましたからには、たいせつに、きれいにしておかなくてはならないとぞんじます。そのほうのお掃除をお手伝いいたしますです。

それが、わたしのほんとうの仕事なんでございます。はい。かたづけて、きちんと整頓する。ごぞんじのように、毎日毎日の、手をぬくことのできません仕事でございます。やっぱり、わたくしにはその仕事がむいております。頭の中でいろいろ考えて、自分なら人さまよりもっとうまくやれるなどと思っておりましても、いざ、実際にやってみますと、大ちがいなものでございますね」

「ありゃ、例の通い家政婦さんだぞ」

そうつぶやいた記者は、速記のくねくね文字でせっせと書きとめていった。

ガサガサ音を立てていた紙の音がしずまって、議員の何人かが、うしろをふりむいて、おばさんを見つめた。

「そういうわけで、わたくしはやめようと思いますんでございます。人を助けたいという気持ち、ただそれだけじゃだめなんでございますね。そうでございましょう。どうやったらいいという方法がわかってなくちゃいけませんです。

わたくしにやれると思いましたわけは、わたくしの住んでますところで、いろんなことを見たり聞いたりしてたからなんでございますよ。不公平な、ひどいことばっかしなもんで、なんとかしなくちゃという気持ちになっちまいまして、夜など眠れないことさえありましたんです。わたしらみたいな、大勢の身になって口をきいてくれる人なんか、だれもおりません。わたしゃ、自分でできると思いましたんです。

ところが、いよいよ議員さんになりますと、とてもわたくしにはできそうもありませんでした。ひょっとしたら、どなたにもできないんじゃないでしょうか。わたくしなんぞとちがって、どなたか、もっと頭のおあんなさるかたがおいでなさるはずで、その人のお席を、わたくしなんぞが占領しておりますわけにはまいりませんです。

そんなわけで、わたくしがここにいてはいけないということがわかったわけでございます。で、ひとこと、そのことをもうしあげて、みなさんにさよならのごあいさつをいたしますです。もし、どなたかにご迷惑をかけたようなことがありましたら、ほんにすみませんでございました。それから――それから……」

むかしから、はじめて演説する人はそういうことになるのだが、ハリスおばさんはきゅうに、がらんとした議場にひびく自分の声がこわくなった。それで、いそいでしめくくりをつけた。

「ご清聴、ありがとうございました」

ハリスおばさんは腰をおろした。議場はしずまりかえっていた。ふつうは新入りの議員が初演説をしたら、だれかが立って、祝いのことばを述べるのがならわしになっていた。議長はそれを待っていた。沈黙はいっそうおもくるしくなっていった。

ようやく、うしろの座席から一人立ちあがった。議長が発言をゆるすと、その議員はかさかさにひからびた声で話しだした。

「初演説の機会をえられたこと、それに、短くわかりよい演説をなされたことにたいし、東バタシー区選出議員にお祝いのことばをもうしあげます」

そのあと、その議員は、ひとことと皮肉をおみまいせずにはいられなかった。

「王室百領地に、いくぶんみがきをかけるのも、けっこうな思いつきでありましょう」

けれど、だれも笑わなかった。もう議員は決まった数よりすくなくなっていたし、議事もおわったので、議長は閉会を宣言した。議員たちはばらばらと出ていった。だれも、前東バタシー区選出議員から顔をそむけ、目があうのをさけていた。

ハリスおばさんはせなかをのばし、頭をしゃんとあげて、新米議員用のうしろの席の、一番高いところからおりてきた。そして、議員たちのあいだをぬけて下院から――そして下院にあつまっている人たちの生活から、去って行った。

しかし、ハリスおばさんは、議員たちの心にさまざまな波紋をのこしていた。おばさんから顔をそむけたあと、議員たちは、うしろめたい、おちつかない気持ちになった。うしなってしまった自分の理想を、なつかしく思い出す人もいた。

演説を聞いているうちに、議員たちは、おばさんのふうがわりな選挙運動とともに「あんたもわたしも楽しく生きなきゃ」というスローガンを思い出した。そのおばさんは戦いにやぶれ、ぼろぼろになった旗をのこして、むちうたれるように去って行く……。議員たちは、ゆううつになった。ハリスおばさんが去って行くのを見たくない気持ちになった。それというのも、自分がはじめて国会議員となったときにいだいていた理想と情熱を思い出したせいだった。そんなものは、とうのむかしにどこかにしまいこんで、かびのはえたままにしているか、忘れてしまうか、またはやすい値段で売り飛ばしてしまっていた。

だから、かつての自分と同じように誠実な心で理想をかかげて国会入りをした人間が、いさぎよく自分の負けをみとめて去ろうとしているのを見ると、心なく、皮肉っぽい気持ちで、見ないふりをしないではいられなかったのだ。

正当に選ばれた議員なのだから、そのままどっさりお手当をもらって、政治という機械の部品である議員さまのままでいることもできたのだ。機械の部品は、あたらしい考えとか、演説などはどうでもよくて、まえもってこうしようと決まっている法案に、機械的に票を入れさえしたらいい。

ハリスおばさんは、自分がここにいるのは「まちがい」だと声明した。そのまま、いすわっているような、ひきょうなまねにはがまんがならなかった。そんなおばさんのことなんか、早く忘れてしまいたいと議員たちは思った。

副議長が、議長にたずねた。

「さっきの婦人は、新聞をずいぶんにぎわした、通い家政婦さんではありませんでしたかな」

「そうです」

議長は書類をまとめながら、ハリスおばさんが議員をやめたりしないで、せちがらいいまの時代に、かまってくれ手のない人々にかわり、ときどき、大声をあげて議会でしゃべってくれたらよかったのに、と思っていた。

記者のほうは、さっそく社に電話を入れていた。その報告が、BBCの最終ニュースにまにあって、あの人々をわかした選挙運動の結果、国会議員に当選した東バタシー区の通い家政婦エイダ・ハリス夫人は、王室百領地執事職を願い出て許可されたため、その議席は空席となった、と放送した。

このニュースを聞いた人の中に、ジョン・ベイズウォーターさんもいた。ちょうど、そろそろ寝ようかなと思っていたところだった。ニュースがおわると、まっさおな顔でスイッチを切り、窓のところへ行って、ぼんやりと人気(ひとけ)のない通りに目をやった。

彼は長いこと、そこに立っていた。胸の中に、どうあつかったらいいのかわからない感情がうずをまいていた。ときどき、ぐっと涙をこらえたり、頭をふったりしながら、これまでの自分の人生をふりかえり、また、いま聞いたニュースへと考えをもどした。

ようやく決心がついた。彼は、夢の中で、どうにも体が思いどおりに動いてくれないときのような、のろのろとしたしぐさで準備をはじめた。きゅうに旅に出ることにして、そのしたくをしているつもりらしい。

彼は、まず、階下のガレージへおりて行くと、ロールスロイスを念入りにしらべた。燃料タンク、ラジエーター、バッテリー、タイヤ……。もちろんいつでも出られるように、最高の調子に手入れがいきとどいているのだが、それでも、出かけるまえの点検をはぶくことはなかった。

運転席につくと、エンジンをかけてみた。へんな音も、へんな振動もなかった。完全なエンジンの調子を、そのまましばらく楽しんでから、エンジンをとめた。ガレージをしめるまえに、美しい愛車ロールスロイスを、しみじみとながめた。まるで、これが別れであるかのように、涙ぐんでいた。

さて、部屋にもどると、彼はベッドの下から大きなスーツケースを二個引っぱり出して、長い旅に必要なものをていねいにつめた。机からも、外国の道路地図、パスポート、しまいこんでいたかなりの現金などをとり出した。

すっかりしたくができると、ふたたび彼はまどべにいって、ねこが一匹、ごみ入れのふたに乗って鼻をつっこんでいるのを見おろした。

さっき、あのニュースを聞いてから、はげしく胸をゆさぶられ、感動の大波にのみこまれてしまったのは、どうしてなんだろう。あれから自分は重大決心をし、準備をやりおえてしまったのだが、これでよかったのだろうか、とじっと思いかえしてみた。

自分がこれからやろうとしていることはこれまでの自分にまったくふさわしくない、けたはずれのことに思われるし、たしかにしりごみする気持ちも起きたが、けっきょく、決心どおりにするより方法はないと、見きりをつけた。そしてベッドにもぐったものの、ろくに眠れなかった。

窓がしらじらと夜明けの光を映すころ、ベイズウォーターさんは起き出し、顔を洗ってひげをそり、身じたくをととのえると、牛乳屋あての手紙を書いた。さらにもう一通書いて、それはポケットにしまった。さいごに部屋を見まわし、台所のガスや電気のスイッチが切ってあるのをたしかめてから、スーツケースをさげ、ドアに鍵(かぎ)をかけた。荷物をロールスロイスにつみこむと、彼は一度もふりかえらないで車を走らせた。

＊　＊　＊

電話のベルの音に、ハリスおばさんは寝ぐるしい眠りから目をさました。かなしさが石のように胸にのしかかってきた。眠っているあいだはいっとき忘れていられるが、目がさめると、あたらしい一日があいもかわらず不幸をひきつれて、自分を待ちかまえていることに、気がつく。

電話のベルの音、それから玄関の呼び鈴もなっていた。目ざまし時計を見ると、まだ朝の七時だった。電話のほうをさきにすることにして、ハリスおばさんは電話のところへ行った。

「もしもし、ハリスさんですか。こちらは世界新報ですが、じつはですね、あなたが……」

そこまでしか聞いていなかった。ハリスおばさんは受話器を置いてしまった。目をさましたときは、おもくるしい、かなしい気持ちだけだったのだが、たちまち、するどい痛みとなって、胸にくいこんできた。思い出したのだ。きのうのつらかったことをなにもかも。

玄関の呼び鈴が、まだなっていた。

ハリスおばさんはスリッパをはき、ガウンをはおり、ちょっと髪をなでつけてから、玄関へいそぎながら、なにごとだろうと考えた。たまに電報がくることはあったが、こんな朝早く呼び鈴がなったことはない。

ドアをあけたとたん、ハリスおばさんはびっくりぎょうてんした。思いもかけない人が立っていたのだ。ついきのう、おまけたっぷりにいくぶん見当はずれのひどいかんしゃくをぶつけてしまった、その被害者のジョン・ベイズウォーターさんだった。

ベイズウォーターさんは、グレーの旅行服に、それとそろいの帽子をかぶっていて、すばらしくしゃれていた。うしろにはライトの大目玉のついた旧式のロールスロイスが、機関車のようなでっかい車体を見せて、歩道のふち石のそばでひかえていた。ぴかぴかにみがきあげられた大きなボディーに、冬も近い弱い朝の光が反射していた。

ベイズウォーターさんは、おっかなびっくりの目つきでおばさんを見て、どう話をきり出したものかと、まよっているふうだったが、ようやく口をひらいた。

「ええと――おはよう、エイダ。こんなに早くから起こしてしまったが、怒らないでくださいよ。ほかに、どうにも方法がなかったので……」

おばさんの頭のもやは、まだすっかり蒸発はしていなかったので、朝のこんな時刻に
ベイズウォーターさんがやってきたのは、なにかたいへんなことが起きたからだ、とし
か思えなかった。おばさんは、相手がたまげるような声をあげた。
「ジョン、なにかあったのかい？」
「いや、いや、そんなことではないのです。ただ、電話だと、ガチャンと切られてしま
うんじゃないかと思ったもんだから。もう、わたしのことを怒っていないといいのだが
……」
きゅうに、ハリスおばさんははげしく後悔した。ベイズウォーターさんがどんなこと
をしたにしろ、みんなおばさんのためを思ってのことなのだ。
「ジョン、あんなことをいってすみませんでした。ごめんなさいね。ちょっと中にお入
りなさいよ」
ベイズウォーターさんは、とんでもないという顔をした。
「車で、あなたを待っていますよ。おはなしはそれからで……」
ハリスおばさんは、(あれ、ご近所のうわさを気にしておいでなんだね) と思った。
しかしすぐに、(おや、なんのことといいなすったのかねえ) とふしぎに思った。
「車で待っていなさるって、いったい、なにを待っているんです？」
ベイズウォーターさんは、返事につまって、ごくりとつばをのみこんでから、男らし
く、力強く、答えた。

「あなたをです。わたしはあなたをつれ出しにきたんですよ」

ショック療法というのがあるが、このショックは、ハリスおばさんにも、ききめが強すぎた。

「わたしをつれ出すだって！　いったい、なんの話をしてるんだね、ジョン。頭がいかれちまったのかい」

「いいや、わたしの頭はちゃんとしてますよ。だが、わたしのいうとおりにしないと、あんたの頭のほうがいかれてしまうのです。さあ中にはいって、荷物の用意をなさい。ゆうべ、あなたが議員をやめたというニュースを聞きました。理由もわかります。ところで、新聞社の連中なんか、あなたはうんざりでしょう。エイダ、ここにはしばらくいないほうがいい」

「それじゃ、逃げ出すってことじゃないかい。わたしゃいつも、自分のまいたたねは、自分でしまつすることにしてますよ」

「エイダ、うるさい連中にゃ、もうじゅうぶんじゃないですか」

ベイズウォーターさんは、自分でもびっくりしたほどはげしい調子でいった。ハリスおばさんはもっとおどろいた。

「こんどは、やつらは、あなたの心臓だって引っぱり出して見物するかもしれませんよ。だが、ぜったい、そんなことをわたしはさせない」

そのとき、またも、家の中で高らかに電話のベルがなり出した。

ベイズウォーターさんがいった。

「そらきた。連中の一人にちがいないですよ。いそいでしたくをすれば、やつらがここをおそわないうちにぬけ出せます。わたしの荷物は、もう車のうしろにつんであるんだ」

ベイズウォーターさんがいってくれていることが、おばさんにわかってきた。彼は自分の生きかたを、ハリスおばさんのために大きくかえようとしているのだ。

「ジョン、わたしゃ息がとまりそうだよ。あんまりびっくりしちまって。なんていっていいんだか……」

「なにもいわないで、荷物をまとめなさい。ちょっとした外国旅行は、きっとあなたのためになりますよ。外国の空気は非常に健康によいそうですからね。あなたも元気をとりもどしますとも。パスポートはもっているはずですね」

ハリスおばさんは、さぐるようにベイズウォーターさんを見た。

「でも、あんたの仕事のほうは、どうなさるの。まさか、わたしのために首になったわけじゃないでしょうね」

「あんなにひどいことをしたウィルモット卿のところで、このまま、わたしが仕事をつづけていくとでも思うんですか。わたしの辞職願いの手紙は——ええ——そのう、ウィルモット卿の事務所からわたしにあてた手紙と、いれちがいになりましたよ。だが、わたしの手紙には一時間早い消印がおしてあるはずだ」

ハリスおばさんは、きゅうに、うろたえだした。

「あなたは、ご自分の車できなすったんですね……」

「そうです。すばらしいでしょう」

ベイズウォーターさんは誇らしげにいってから、願いをこめた口調でつけたした。

「この車と付き合っていくうちに、あなたもこれが大好きになりますよ」

「ジョン……」

その、たのみこむような口調と、それに、なによりもたいせつにいつくしんできた車への愛情を、古い友だちのおばさんとともにわかちあいたいという彼のまごころが、ハリスおばさんの心をはげしくうった。二人はだまったまま、見つめあっていた。

牛乳配達が、そうぞうしい音を立てながらとおりかかって、ほがらかに声をかけた。

「ハリスさん、きょうはなにか……」

ベイズウォーターさんが、かわりにいった。

「きょうは、けっこうだよ。またたのむまでやすんでください」

それから、ハリスおばさんを急きたてた。

「いそいだほうがいい。風邪を引いてしまいますよ。そうして玄関口に立ってるんじゃあね。そんなかっこうで……」

ハリスおばさんは、ガウンのえりもとをかきあわせながら、もう一度だけ、むだを承知でいってみた。

「どうしたらいいのやら……」

「わたしのいうとおりにすればいいのですよ。いそいで着がえをし、手まわりのものをまとめるんです。一ヵ月かそこらですよ。わたしは車で待っていますからね」

「でも、わたしにゃ一ヵ月ぶんの家賃ぐらいしかもちあわせがないんだけど」

「わたしが二人ぶんぐらいなら、たっぷりもっています。さあ、早く」

ハリスおばさんは、ベイズウォーターさんは意志の強い、そして慎重で、決断力もある人だと、尊敬していた。けれど、いままで、おばさんに命令するような態度をとったことがなかったので、おばさんは、ちょっとばかりめんくらったし、おばさん自身も、一人でがんばってやってきたので、人から指図をされることにはなれていない。

ベイズウォーターさんが、やさしくつけくわえた。

「お願いだから、エィダ。けっして、後悔することにはなりません」

「ああ、どうしよう。ああ、どうしよう。――わかりましたよ」

ハリスおばさんは家の中に飛びこむと、おばさんに、ドアをしめた。

「お願いだから」このひとことが、おばさんに、じいんときたのだった。それに、ベイズウォーターさんがおばさんのためにしようとしていることは、長いあいだ、ひとりものとして誇り高くがんばってきた、彼の気質にはあわないにちがいないのだ。一人だけのおちついた生活をすごしてきたベイズウォーターさんにとって、こんどのことは、はじめて自分の信念をおしつぶしてのことなのだ。それをことわったら、ひとでなしだ。

それに、気がついてみると、ハリスおばさんは、自分にもことわるつもりはさっぱりないのがわかった。あざだらけになったように痛めつけられ、ひどく傷ついている自分を、ほんとうの友だちが心から気づかってくれて、しばらくこの国から逃げ出すことができるようにしてくれるのだ。

三十分ばかりしてから、ハリスおばさんは玄関にあらわれた。スーツケースを二個に、大きなハンドバッグを持ち、とっておきの晴れ着を着こんでいた。ダント夫人のおさがりの旅行用のスーツ、ウィンチェスカ伯爵夫人にもらったくつ、ジョエル・シュライバー夫人にいただいた帽子といういでたちだった。

「あら、こまった。バターフィルドさんのこと、わすれてましたよ。どうしたらいいだろう。あの人、いったいなにが起きたかと、おろおろするだろうねえ」

ベイズウォーターさんが、胸のポケットから封筒をとり出した。

「ちゃんと、手紙を書いておきましたよ。これを、あの人の玄関のドアの下に入れておきます」

ハリスおばさんは、ベイズウォーターさんとならんで、ロールスロイスに乗りこみ、スプリングのよくきいた、すわりごこちのよい、皮ばりのシートに身をしずめた。そして、しばらくのあいだ、二人は顔を見つめあった。まるで、これでいいのかねえ、とたしかめあっているかのように……。

ハリスおばさんは、とうとう大きな声でいった。

「ジョン、あんたはほんとに勇気のある、しゃんとした人だねえ。わたしたちはどこへ行くんですかねえ」

ベイズウォーターさんは、車のサイドポケットから、外国の道路地図を出して、ずらりとひろげて見せた。ノルウェー、スウェーデン、ギリシア、スペイン、オランダ、ポルトガル、フランス、イタリア、ユーゴスラビア……。

「どこへなりと。どこへだろうとかまいませんよ」

そして、しずかにクラッチをふみ、音もなくギアを入れ、アクセルをふんだ。しずかにエンジンがかかった。

二人の乗った車がイギリス海峡の港へむかって、通りを走りだしたとき、新聞社の車がさきをあらそってかどをまがってあらわれ、バタシー区ウィリスガーデンズ五番地の、だれもいない家の前にとまった。

ハリスおばさんが議員になった頃のイギリス議会

君塚直隆（関東学院大学教授）

本作品の主人公エイダ・ハリスおばさんは、ロンドンの高級住宅街に顧客を多く持つ、通いの家政婦さんである。一九世紀までに比べればだいぶ薄まったとはいえ、イギリスは現在でも階級意識が強い。職業や住居、身なりはもとより、英語の発音ひとつとっても階級によって歴然たる格差が見受けられる。おばさんはそのようなイギリス階級社会でも底辺に近いところにいる、まさに「庶民」「大衆」のひとりであった。

そんなハリスおばさんが「あんたもわたしも楽しく生きなきゃ」という選挙スローガンで国会議員選挙に打って出るという設定は、当時としても破天荒なものだったはずである。本作品のなかでもそのような情況はところどころで垣間見える。おばさんの顧客のひとりに政界の大物ウィルモット卿がおり、彼が保守党の大物と取り引きするためにおばさんを東バタシー選挙区（ロンドン）から出馬させることになり、本シリーズのファンの方々にはおなじみの、ベイズウォーターさん、シュライバー夫妻、そしてシャサニュ侯爵といった親友らから「裏の力」を借りて、到底勝てそうにない選挙に挑む。

物語の細部はみなさまにお読みいただくことにして、ここではハリスおばさんが当選した一九六〇年代前半のイギリス議会の様子についてお話ししていくことにしよう。

読者のみなさまもご存じのとおり、イギリスは「議会政治の母国」とも呼ばれ、世界的に見ても議会の力が強いことで知られる。現在の議会（パーラメント）の起源となるのは、今から一一〇〇年ほど前の西暦九二四年に始まった「賢人会議」と呼ばれる諸侯らの集まりだった。イングランドではたびたび王位継承争いが起こり、そのたびごとに諸侯たちが集められ、次の王様を決めていたのである。さらに有名な「ノルマン征服」（現在のフランス北西部のノルマンディの領主がイングランド王を兼ねた）により、王が海外遠征へと出かける必要性が増えると、王は遠征費をたびたび諸侯らに「無心」した。おかげでヨーロッパの他の国々に比べても、中世イングランドでは王に対して議会の力が強くなり、それが諸侯（議会）の承認なくして、王は勝手に課税や逮捕などできないとする「マグナカルタ（大憲章）」の制定（一二一五年）につながったのである。

やがて一四世紀ぐらいからは、それまで一院制だった議会が、高位の聖職者と爵位貴族（公侯伯子男爵）からなる貴族院と、中小の地主や都市代表からなる庶民院へと分かれ、イングランドは二院制を採るようになる。ハリスおばさんが当選して入ったのは庶民院であり、ここからは本書の訳語に基づき「下院」と表記することにしたい。

一七世紀にはこの議会の力を超えた権限を持とうとする王が現れ、二度の革命が生じ、これ以後はイングランドでは議会政治に基づく立憲君主制が定着した。一八世紀初頭に、イングランドは北のスコットランドと合邦し「イギリス」となるが、その頃までに議会内にはトーリとホイッグという二つの党派が現れてくる。これが一九世紀半ばにはそれぞれ保守党と自由党へと転じ、いわゆる二大政党制の時代が始まる。一九三〇年代までには、自由党は分裂などで没落し、代わりに労働組合を支持基盤とする労働党が台頭した。

本書でハリスおばさんは「中央党」から出馬しているが、もちろんこれは架空の政党である。一九六〇年代前半は保守党、後半は労働党がそれぞれ政権を担当していた。しかし本書からも感じ取られるとおり、かつて七つの海を支配する大英帝国と呼ばれたイギリスの威光はもはやなく、海外の植民地は次々と独立し、果ては第二次世界大戦で負けたはずの西ドイツ、イタリア、日本にまで経済力で追い抜かれ、「英国病」という日本語も登場したのがこの時代のイギリスの現実であった。

ハリスおばさんは、こんなイギリスをなんとか変えていきたいと真剣に思っていたのであろうが、やはり下院は魑魅魍魎（ちみもうりょう）の世界。そもそも法律ができる過程さえ知らないハリスおばさん（本書八八頁）が乗り込むには、いささか荷が重すぎたのかもしれない。それでも新人議員として議会の開会式にも臨み、エリザベス二世女王が貴族院の玉座から読み上げる施政方針演説に聴き入ったおばさんであった。

イギリスでは新会期の冒頭にときの君主が議会にやってくる。その点は日本の国会でも天皇陛下が参議院で開会を宣言されているのと同じである。しかしそこは「議会政治の母国」でのこと。日本では首相らがおこなう施政方針演説をイギリスでは君主がおこなっているのだ。もちろん原稿は政府が用意するが、エリザベス女王は九十代を超えた最晩年にいたるまで一・二キロの重い王冠をかぶり、イギリス最高位のガーター勲章のこれまた重い頸飾(くびかざり)をつけて、長いローブのマントをはおり、この演説をしっかりおこなわれていた。

また、イギリスの下院はすべて小選挙区制で議席が争われる。一九六〇年代当時の下院は六三〇議席であった。これまた一九世紀前半までは、選挙権は地主貴族階級に事実上は限られ、やがて中産階級や労働者階級にまで拡げられると、収賄行為も増えていった。これを阻止するため、一八八〇年代からは厳格な法律が定められ、選挙資金に上限が設けられるとともに、立候補者本人が買収などしたらその選挙区から二度と立候補できなくなり、選挙運動員が不正を働いても連帯責任で当選が無効になるなどの罰則が科せられていく。

本書(九八〜一〇二頁)で、アメリカ人のシュライバー氏がベイズウォーターさんからそのような「しくみ」を聞いて愕然(がくぜん)としているのはおもしろい。アメリカでは大統領選挙を筆頭に、連邦議会選挙などでも派手な選挙戦が展開されているのは、読者のみなさまもテレビ等でご覧になっていることだろう。イギリスの下院議員選挙はこれとは対照的に、候補者たちが選挙区に住む人々の家を戸別に訪問し、自身の政策や公約などを訴える「地味」なものなのである。

他方で、ハリスおばさんが選挙演説で痛烈に批判している「あか」とは、もちろん社会共産主義者のことである。この当時は、世に米ソ冷戦と呼ばれる、アメリカを中心とした民主主義・資本主義主体の西側諸国と、ソ連を中心とした独裁的な社会共産主義を主体とする東側諸国とに分かれ、熾烈な抗争を展開している時代でもあった。殊に一九六〇年代前半は、ベルリンの壁構築（六一年）やキューバ・ミサイル危機（六二年）など、アメリカとソ連のあいだでの核戦争勃発の可能性がきわめて高い時代でもあった。（なお、次巻『ミセス・ハリス、モスクワへ行く』で、おばさんはKGBからスパイと疑われてさんざんな目に遭う。作中でギャリコはソ連のそんなめちゃくちゃな政治体制を批判しつつも、同時にロシア人の国民性の肯定的な面も描き出している。それは誰しも二面性があり、一面をとらえるだけではその人の全体像をつかんだことにはならない、という意図があったのではないか。本作を読まれた方には合わせて次巻を読むこともお勧めしたい）

　このようにまさに内憂外患ともいうべき状態に置かれていたイギリス議会政治のなかに「あんたもわたしも楽しく生きなきゃ」をひっさげて下院に登場したハリスおばさんの姿は、ともすれば殺伐として他人のことなど思いやれない当時の世相に対する痛烈な皮肉にもなっていたのかもしれない。

本書は、一九八一年八月に講談社文庫より刊行された『ハリスおばさん国会へ行く』を改題し、現代の一般読者向けに加筆修正のうえ、角川文庫化したものです。

なお、作中でハリスおばさんが共産主義者を批判するシーンがありますが、原著者がすでに亡くなっていることと、解説にもあるとおり当時の世界情勢を鑑みて、原文のままの訳としました。

ミセス・ハリス、国会へ行く

ポール・ギャリコ
亀山龍樹　遠藤みえ子＝訳

令和５年 12月25日　初版発行

発行者●山下直久

発行●株式会社KADOKAWA
〒102-8177　東京都千代田区富士見2-13-3
電話　0570-002-301（ナビダイヤル）

角川文庫 23827

印刷所●株式会社暁印刷
製本所●本間製本株式会社

表紙画●和田三造

●お問い合わせ
https://www.kadokawa.co.jp/（「お問い合わせ」へお進みください）
※内容によっては、お答えできない場合があります。
※サポートは日本国内のみとさせていただきます。
※Japanese text only

ISBN 978-4-04-114146-5　C0197

◇◇◇

角川文庫発刊に際して

角　川　源　義

第二次世界大戦の敗北は、軍事力の敗北であった以上に、私たちの若い文化力の敗退であった。私たちの文化が戦争に対して如何に無力であり、単なるあだ花に過ぎなかったかを、私たちは身を以て体験し痛感した。西洋近代文化の摂取にとって、明治以後八十年の歳月は決して短かすぎたとは言えない。にもかかわらず、近代文化の伝統を確立し、自由な批判と柔軟な良識に富む文化層として自らを形成することに私たちは失敗して来た。そしてこれは、各層への文化の普及滲透を任務とする出版人の責任でもあった。

一九四五年以来、私たちは再び振出しに戻り、第一歩から踏み出すことを余儀なくされた。これは大きな不幸ではあるが、反面、これまでの混沌・未熟・歪曲の中にあった我が国の文化に秩序と確たる基礎を齎らすためには絶好の機会でもある。角川書店は、このような祖国の文化的危機にあたり、微力をも顧みず再建の礎石たるべき抱負と決意とをもって出発したが、ここに創立以来の念願を果すべく角川文庫を発刊する。これまで刊行されたあらゆる全集叢書文庫類の長所と短所とを検討し、古今東西の不朽の典籍を、良心的編集のもとに、廉価に、そして書架にふさわしい美本として、多くのひとびとに提供しようとする。しかし私たちは徒らに百科全書的な知識のジレッタントを作ることを目的とせず、あくまで祖国の文化に秩序と再建への道を示し、この文庫を角川書店の栄ある事業として、今後永久に継続発展せしめ、学芸と教養との殿堂として大成せんことを期したい。多くの読書子の愛情ある忠言と支持とによって、この希望と抱負とを完遂せしめられんことを願う。

一九四九年五月三日

角川文庫海外作品

ミセス・ハリス、パリへ行く

ポール・ギャリコ
亀山龍樹＝訳

ハリスは夫を亡くしロンドンで通いの家政婦をしている。勤め先でふるえるほど美しいディオールのドレスに出会い、必死でお金をためてパリに仕立てに行くが……何歳になっても夢をあきらめない勇気と奇跡の物語。

ミセス・ハリス、ニューヨークへ行く

ポール・ギャリコ
亀山龍樹＝訳

61歳の家政婦ハリスはお隣の少年が里親に殴られていると知り、彼を実父がいるニューヨークへつれていこうと無謀な作戦を立てる。それはなんと……密航！　夢をあきらめない大人たちの勇気と奇跡の物語、第2弾。

不思議の国のアリス

ルイス・キャロル
河合祥一郎＝訳

ある昼下がり、アリスが土手で遊んでいると、チョッキを着た兎が時計を取り出しながら、生け垣の下の穴にぴょんと飛び込んで……個性豊かな登場人物たちとユーモア溢れる会話で展開される、児童文学の傑作。

鏡の国のアリス

ルイス・キャロル
河合祥一郎＝訳

ある日、アリスが部屋の鏡を通り抜けると、そこはおしゃべりする花々やたまごのハンプティ・ダンプティたちが集う不思議な国。そこでアリスは女王を目指すのだが……永遠の名作童話決定版！

新訳　ハムレット

シェイクスピア
河合祥一郎＝訳

デンマークの王子ハムレットは、突然父王を亡くした上、その悲しみの消えぬ間に、母・ガードルードが、新王となった叔父・クローディアスと再婚し、苦悩するが……画期的新訳。

角川文庫海外作品

新訳　ロミオとジュリエット
シェイクスピア
河合祥一郎＝訳

モンタギュー家の一人息子ロミオはある夜仇敵キャピュレット家の仮面舞踏会に忍び込み、一人の娘と劇的な恋に落ちるのだが……世界恋愛悲劇のスタンダードを原文のリズムにこだわり蘇らせた、新訳版。

新訳　マクベス
シェイクスピア
河合祥一郎＝訳

武勇と忠義で王の信頼厚い、将軍マクベス。しかし荒野で出合った三人の魔女の予言は、マクベスの心の底に眠っていた野心を呼び覚ます。妻にもそそのかされたマクベスはついに王を暗殺するが……。

新訳　夏の夜の夢
シェイクスピア
河合祥一郎＝訳

貴族の娘・ハーミアと恋人ライサンダー。そしてハーミアのことが好きなディミートリアスと彼に恋するヘレナ。妖精に惚れ薬を誤用された4人の若者の運命は？　幻想的な月夜の晩に妖精と人間が織りなす傑作喜劇。

エリザベス女王の事件簿
ウィンザー城の殺人
S・J・ベネット
芹澤　恵＝訳

英国ウィンザー城でロシア人ピアニストの遺体が発見される。容疑者は50名で捜査は難航する。でも大丈夫。城には秘密の名探偵がいるのだ。その名もエリザベス2世。御年90歳の女王が奇怪な難事件に挑む！

エリザベス女王の事件簿
バッキンガム宮殿の三匹の犬
S・J・ベネット
芹澤　恵＝訳

バッキンガム宮殿で王室家政婦が不慮の死を遂げる。最初は事故死とされていたが、彼女が脅迫の手紙を受け取っていたとわかり事態は急変。女王は殺人の線で捜査に乗り出す。世界最高齢の女王ミステリ第2弾！